フラバル・コレクション

時の止まった小さな町

Městečko, kde se zastavil čas
Bohumil Hrabal

ボフミル・フラバル
平野清美 訳

BOHUMIL
HRABAL

松籟社

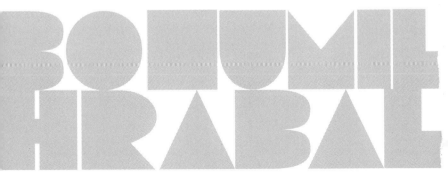

Translated from the Czech by Kiyomi Hirano.

時の止まった小さな町

1

学校からの帰り道、ぼくは河岸《かし》に飛んでいくのが好きで、そこには砂のはしけ舟が並び、板が渡され、その上を砂積み人夫たちが、手押し車でうんと大きな砂山から濡れた砂を運び出していたけれど、人夫たちはなんとも軽々とスコップで積んでいくものだから、太陽に輝く軽いちぎれ雲でもかき集めているみたいに見えたものだった、ちいさな砂粒ひとつひとつが虹色にゆらめいていたからだ。いつだったか、この山々から崩れ落ちてきて、さらわなかったらきっとラベ川がハンブルク、さらに大海原まで押し流してしまう砂を、車一台分積ませてくださいとお願いしてみた、だけどスコップで掘り起こそうとしたら、ぼくは最初、舟底につっかかったかと思ってしまい、もう一度濡れたスコップを砂に入れなきゃならず、やっとのことでもたもたとまるでタールかアラビアガムからはがすみたいにして板の上に持ち上げたけれど、もうとても手押し車までは持っていけず、手から滑らせてしまった、すると人夫たちが笑ったので、彼らの裸の上半身を見上げると、みんな腕に錨《いかり》や女の人の刺青《いれずみ》を入れていて、その一人に夢中になってしまった、胸に小舟、帆船を入れているも、見ていたら目に涙までわいてきた、泣いたんじゃない、目覚めて心に刻んだんだ、ぼくも胸にああいう小さな小舟を入れなきゃ、あの小舟がなくては生きていけない、あの小舟なら必ず温めてくれる、魂の勲章になる、きっと入れてもらおうと。そこで声をかけてみた、その小舟、洗い落とせるんですか。だけど人夫はひとかき十キロもある砂を軽々とすくっては、ただ手押し車に放り投げ、やっと今、最後の濡れたひとかきを放り込むと、板に飛び乗り、きらきら光る空《から》のスコップをなんとも器用に放り投げて砂山につき差して、胸の小舟にもう少しでぼくの手が届きそうなほど前に屈みこんだ、そして青いつなぎの裾から伸びた素足で陽気に板の上をかけだして、はしっこの上り坂になっているところではぐっと押さなきゃならなかったけれど、そこで折り返して空《から》の車を押してまた駆け戻ってくると、板にすわったぼくの隣に腰をおろし、煙草に火をつけ、肺まで深々と煙を吸いこんだもんだから、煙草が燃えちゃうのではというほど先っぽが赤々と輝いた、そして見つめていると、砂積み人夫の胸の小舟が膨らみ、長く息を吸い込むと、小舟が動き、帆を一杯に張って岸に近づいてくるようにぐんぐん大きくなっていった……で、息を吐きだすと、小舟は沖に流されていくようにしぼみ出し、どんどんしぼんじゃったけれど、きっとこうして鼓動を打ち、力が加わって血が送り出されるたびに、えんえんと波間に膨らんでは沈むんだ。「そんなに気に入ったか？」人夫はぼくの涙を見て、けげんそうに言った。「はい」ぼくは言った。「ぼくも入れてほしいです、そのくらいの小舟、いくらするんですか」すると人夫は腕を返して人魚を見せて言った。「こっちならハンブルクでラム酒ひと瓶で彫ってくれた」ぼくは言った。「そういう小舟はハンブルクでしか彫ってくれないんですか」ショックで凍りつくと、人夫はふっと笑って頭をふり、このハートを射る矢とここの錨なら、飲み屋の「橋の下」の常連のロイザがラム酒いっぱいでやってくれた、と煙と一緒になぐさめの言葉を吐き出してくれた。「ぼくにも彫ってくれるかしら」人夫は飛び降りて、ずり落ちてきたつなぎの作業ズボンを引っ張り上げ、帽子を脱いで言った。「あぁ……」そしてキャップ帽の汗をぬぐった、びっくりしたことに、人夫はインディアンか日焼けクリームの宣伝のようにこんがり日焼けしているのに、いつも日よけに帽子をかぶっているから、おでこは白いままで、体全体から輪っかに仕切られていて、主の司祭教会の殉教者が光輪をしょっているようにやけに白いおでこ、四方に光線をまきちらすおでこ、凸面鏡でできているみたいに、世界のあらゆる方角に陽光を反射させるおでこをしていた。ぼくは駆けだした、青いビニール地に帆船が織り込まれたリュック、通学リュックの肩ベルトを手のひらで握りしめて、ぼくは走った、黒い縁取りで後ろに二本のリボンが垂れた水兵帽が揺れ、水兵服の襟が、教科書とドリルの入ったリュックの肩ベルトから跳ねあがり、背中で揺れ、黒いリボンが駆け足のリズムに合わせて、マリンベルのように、ブイのようにぽんぽん跳ねている、分かっていたんだ、もうすぐ消えない小舟が手に入る、胸に彫ってもらえる、その舟に忠誠をつくすんだって。だってもう水兵になるしかないんだから。

ミサの侍者のお手伝いをしているスプルニー司祭さまが、胸に小舟を彫ってもらおうという願い事をまっさきに打ち明けなきゃと思った人だった、なぜって司祭さまも神様へお仕えするしるしに髪の毛を刈り、つむじのまわりを丸く剃っているから。そもそもスプルニー司祭さまは大したお方で、いつもお国のシレジア方言で通し、この方にかかれば神様でさえそういう方言を使われる、なんせ神様とよくお話をされるからで、少なくとも説教壇からそんなふうに声をとどろかせるんだ。日曜日になると、こうおっしゃる。「スプルニー、スプルニー、つるっぱげの雄牛よ、おらはおめぇに清らかな子羊を預けた。それなのに、おめぇは強い酒で酔っぱらった豚にして天に導く……」こういうお方だもの、ぼくは自分に言い聞かせた、こんな話し方をされるんだもの、侍者の服を着て前にひざまずいて、こんなふうに両手を上に向けてうつむき、清らかな小舟のことを打ち明ければ、きっと祝福して下さる。ところが司祭さまは急いでいらして、司祭のガウンを脱ぎ棄てると、ベルモット酒をあおり出した、司祭さまはベルモット酒しか飲まない、終油の秘蹟に出かけるときですら例外じゃないんで、ぼくは聖油と聖皿のカゴにベルモットの瓶を忍ばせて持ち歩かなくちゃならなかった……で、司祭さまは帰ってしまわれたんで、ぼくは侍者の服を脱いで、祭壇の前にひざまずき、ぼたんとガマズミの花から飛び出している金のキリスト像を見上げた、するととつぜん目にとびこんできた。キリストも胸に刺青をした心臓、チクチクしそうな茨《いばら》の茂みで飾られた心臓をしているじゃないか……。そこで教会修復の寄付金箱の中身をばらまくと、五コルナをつかみ、それからもとに戻し、だけどやっぱり借りることにした、きっと返すと堅く心に決め、聖具室の黄金のキリストにも断りをいれて。「魂にかけて、名誉にかけて誓います、お借りするだけですから……」そして余計に取りません、とイエスに見せるために、硬貨を掲げて見せた。こんなふうにキリストとはちょくちょく話をした、父なる神様とはそんなことする度胸もなかったから、とくにあの日以来は。それは百姓のファルダ、あの夜通し神様と口げんかし、ののしり合っている、といういわくつきの百姓が、最後のわら玉を運んでいたときのこと、ちょうどぼくも下校途中で、嵐が近づいていた、ファルダは雨が来る前に干し草を倉庫に運んでしまおうと、馬に鞭をくれて急いでいた、それが橋のたもとでぽつぽつと降り出して、やがて一気に雨脚が強くなり、ついに天の底が抜けたみたいな大雨になった、すると百姓のファルダは濡れそぼった干し草をてのひら一杯につかみ、宙へ、天に向けてぶちまけ、神様にこう言い放ったんだ。「ほれ、たんと食え！」神様は稲妻で応え、土手のポプラの木をまっぷたつに裂き、馬は震え、ぼくも震え、飲み屋の「橋の下」で雨どいの下から見守っていたお客さんたちはへなへなひざまずいた、神様のせいでなく、丸い稲妻が火の猫みたいに欄干を駆け抜けた残り香にやられたんだ。

今日の「橋の下」亭はにぎやかだった。「どこぞの水兵さんのおでましかな」水兵の上っ張りに、白い水兵帽、黒い二重帯を後ろで蝶結びにした帽子をかぶり、ぼくがロイザさんの前に立つと、そう声をかけてきた。「見せてみな」そう言ってロイザさんはぼくの帽子を取り、「ハンブルク―ブレーメン」と入った文字を読み、自分の頭に乗せてみせたんで、なんて気さくに接してくれるんだろう、と浮かれてぼくはにっこりし、喜んだ。さらにロイザさんは帽子をかぶったまま、うんとへんてこな顔をしてみせたんで、ぷっと吹き出して、それからテーブルの常連たちと一緒になって心の底からわははと笑い、大人になったらこんなふうに陽気な水夫たちと座を囲んで誇らしく思うんだ、と決めた。だってロイザさんたら歯がないもんだから、下の唇で上の唇を覆うと、鼻のてっぺんまで隠せちゃうんだ、で、そんな顔で歩き回るもんだから、ロイザさんの砂積み人夫のテーブルで拍手が起き、誰かがみんなの分のビールを注文し、コニャックの杯ももう一巡しようと声をかけたのだった。ぼくはひとりごちた、川の「橋の下」亭ですらこんなににぎやかなんだから、かのハンブルクで水夫になったら、どれだけにぎやかだろうな、どんななんだろう、そして言った。「ロイザさん、これ、ぼくからです、たんとラム酒をやってください！」するとロイザさんはぼくの頭に帽子を乗せておかしな具合に眉の上までおろしたんで、上目づかいに見ると、帽子のつばしか見えなくなったけれど、五コルナをロイザさんに渡した。「この金はどうした」不審そうにロイザさんが聞く。「神様から借りました」そう言ってうなづいてみせたとたん、帽子が目の前にずり落ちてきたんで、ふっと上に息を吹きかけると、テーブルのお客さんがいっせいに笑ったけれど、ロイザさんは言った。「神様と話したというのか」みんなが押し黙った。「ええと」ぼくが言う。「でも、神の子、イエス様ご自身が貸してくださったんです」さらに付け足した。「でもアロイスさん、お借りしたのは、格好いいヨットの刺青を入れてもらうためですよ。あの人に彫ってあげたでしょう。あそこのあの……」「コレツキー」砂人夫が言った。「そう」ぼくが言う。「コレツキーさんに」「ふん、そうか、イエス様じきじきの思し召しとあらば、やってやろうじゃないか。いつにする」ぼくが言う。「今すぐ!」「ちっ」ロイザさんが言った。「だが針も墨もねえよ」「じゃ、取ってきてくださいよ」ぼくがそう言うと、アロイスさんはそのままシャツ一枚のなりで飛び出していき、お客さんたちが司祭さまのことを尋ねてきた、お抱えの飯炊き女中は相変わらず二人かい、それともう三人になったかい。ぼくはテーブルを刺青のムードにつなぎとめるためにこう言った。「何言ってるんですか、三人ですって。二人ですよ。二人ともえらく若いんですけどね……」すると、「橋の下」の水夫たちのテーブルが興奮して叫び、連禱のようにオウム返しに言った。「二人ともえらく若いんです」「はい」ぼくは言った。「それで司祭さまは機嫌がいいと、女中さんを椅子に座らせて、屈んで椅子の足を一本持って、そーれ! そうして天井高くきれいな女中さんを持ちあげるんです、スカートがふわりと顔にかかるくらい……」「わお!」橋の下酒場がどっとわいた。「スカートがふわりと顔にかかるくらい……」「そうです、そうやってひとりずつ持ちあげるんです、侍者のぼくらまでね、なんせ、とんでもない力持ちなんですから、あのね、あの人、七人兄弟なんですが、お父さんという人がまたそりゃ大きな人で、クルミを割るときなんか、司祭さまのお父さんがテーブルに手を置くと、子どもたちがお父さんの指を一本持ち上げて、その下にクルミを置き、指を離すんです、すると、ぐしゃ！　クルミはこっぱみじんになっちゃうんです！」お客が叫んだ。「わお！　ぐしゃ！　クルミはこっぱみじんになっちゃうんです！」「そうなんです、みなさん、だけどそれは貧しいお家だったんで、みんながテーブルにつくと、お母さんが七人の大きな子どもたちの前にジャガイモの皿をでんと置いて、みんなはスプーンを握りしめて身構えるんです……そしてお母さんが広げた手をテーブルに乗せて、爪でテーブルをはじくと、いっせいにスプーンが伸びて、ぐずぐずしてる子は食いっぱぐれるわけなんですが、司祭さまは一家で一番ひ弱だったから、あの子、どこにやろうかねぇ、という話になったんです。粉屋になったところで粉袋を四つも担げない、せいぜい八十キロの袋二つだろうからねぇ、じゃあ、司祭にでもするか……」するとロイザさんが入ってきた、小ぶりのアタッシェケース、床屋のスラヴィーチェクさんか豚の去勢屋のサルヴェトさんが持っているようなケースを抱えている、そして酒場のドアを閉めるとうなづいてみせたんで、ぼくは水兵の上っ張りを頭から脱ぎ、そして灯りの下に戻ると、ロイザさんが言った。「でも坊っちゃん、さてねぇ、どんな小舟がいいんだ、帆船か、箱舟か、それともボートか。三本マストか、二本マストか、それとも汽船がいいか」ぼくが言う。「どんな型のどんな船でも彫れるんですか」ロイザさんはうなづくと、いきなり酔っぱらいの顔を引っ込めてまじめくさった顔をし、うやうやしく指図すると、一番端っこに座っている砂人足さん、ぼくと話した人ではなく、帽子をかぶったまま動き回って砂を運んでいた人が、シャツを脱ぐために帽子を取った、すると頭蓋骨の半面がぱあっと店内を照らし、おでこから半円型のミルク色の照明みたいな光が飛んだ。そして天井から降り注ぐ灯りの中に、人夫の日に焼けた体が現れると、人魚、錨、ハート型、頭文字、船、裸のふたりの人のシーン、裸の女の人でくまなく埋めつくされていたんで、ぼくは赤くなって、人夫が向こうを向くと、背中にあった、簡単な、小さな子が描くような釣り舟を選んで言った。「これを彫ってください」するとロイザさんは、広げた新聞紙の上にぼくを寝させて言った。「痛いですか」そう聞いて仰向けになると、電球の光が差し込んできてまぶしかった。「いや、ちくりとするくらいだ……小舟でいいな……？」「小舟で」そうつぶやき、いい気分でうとうとしていると、やがて軽く針で刺され、それから冷たい布か綿で浸されるのを感じ、周りにはお客が集まり、ぼくはその真ん中で、まるでプレーヤーの中央でルーレットを走るボールみたいに横たわっていた……。声がした。「いかした竜骨になるな……帆はふたつつけろよ……いい船にはいい腰がつきもんだ……航跡を深く彫って、それから舵も……」ロイザさんが小声で言った。「大きく息するな。鼻で息しろ……」ぼくは仰向けになったまま、規則正しくちくりと刺青針で刺されるたびに目を覚ましたけれど、その合間はうっとりとした心地で寝入っていた……やがてロイザさんができたぞと耳打ちしたんで上体を起こしてテーブルに座ると、まわりに見えるのは五百ミリリットルのジョッキばかりで、お客さんが乾杯してきて、あごを引いて胸の小舟を見ようとしたけれど、ジョッキがいっせいにぼくの頭をこづき、みんなにこにこし、ロイザさんはぼくにシャツと上っ張りをかけてよこした、で、ぼくも町の反対側のはしっこに住んでいて、家が遠いことを思い出したんで、ロイザさんにぺこりと頭を下げると、手を差し出してくれ、テーブルのみんなも乾杯して歌ってくれた。「ばんざい、ばんざい、ばんざい……」そこでぼくは立ちあがって水兵帽に手をやって敬礼すると、夕闇の中に飛び出した。

橋の上をかけると、吹雪に見舞われた、灯りから石畳の橋と歩道におびただしい数のカゲロウが降ってきて、地面が凍っているみたいに滑る、けれども橋柱の灯りは容赦なく照らしつけ、川から灯りを慕って舞い上がってくるカゲロウの吹雪や、まっ黒な川からわきあがってくる白い羽の蛾と羽虫が、灯りに誘い出されては歩道や車道に叩きつけられ、大晦日の凍り付いた路面のように車のタイヤがスリップし、人が転んでいる。胸に手をやって息をつくと、小舟も海上にいるように波打っているのが分かり、その瞬間、小舟をなにがなんでも司祭さまと二人の女中さんに見せなきゃという気持ちになり、灯りに背を向けて、死にかけた蛾の群れにひざまでつかり、手で蛾をつかむと、動いているのが、だんだん冷たくなり、ついには夜の川のように冷え切ってしまったのが手に伝わってきた、けれども川底からはひっきりなしに、次から次へと一段と烈しくカゲロウの吹雪がわき起こり、ぼくは足を取られて転び、悲鳴をあげた。「小舟を壊しちゃった！」だけど小舟は紙でも針金でも籐《とう》でもなく、ぼくの中、ぼくの上にしっかりと錨を下ろしているから、ナイノでえぐり出すしかないんだ、ぼくの心の中から船を取りだすにもナイフがいるみたいに。なんせぼくは小舟、船、帆船に誓いを立てたんだから。そっとぼくは閉まっていた門を開けた、腕を奥までつっこまないと、内側のかんぬきに届かなかった、すっと司祭館の中庭にすべりこむ。館のふたつの窓から明かりが漏れ、川からここまで飛んできたカゲロウが、窓際をぱたぱた飛んで、壁紙のような、白い涙模様を作っている、ぶどうの蔓《つる》が格子窓とパーゴラに巻きついて屋根の方まで伸び、窓明かりに向かって巻きひげが飛び出し、若い女中さんの顔にかかった髪の毛のよう、いちいち落ちてくるんで耳にかけたりキャップに押し込めたりしなきゃならないほつれ毛みたいだ。ふと思った、司祭さま、何しているかな、びっくりさせないようにしないとな、また女中さんを椅子ごとかついで歩き回ったりして、天井に髪が当たって梁《はり》伝いに跡がついちゃうんで、女中さんがきゃあきゃあ言いながら、黒靴をばたばたさせているかもしれないし。それで木摺《きすり》と格子をハシゴにして登り、伸びた蔓をかきわけて中をのぞいてみると、そこで目にした光景に、すっかり圧倒されてしまった、まさかここまで司祭さまが力持ちだったとは夢にも思わなかった。最初ぼくは、女中さんたちの腰まわりにストラを巻いて、位を上げてやるのかと思った、司祭さまは二人の前にひざまずき、二人を腰の位置でぴたりと合わせると、長いタオルで結びつけたから。でも椅子がそばになかったんで、ぼくといっしょで女中たちも何をされるのか見当がつかなくなった……。すると司祭さまはまず二人を担ぎ上げた、いっぺんにだ、二人の足が宙に浮き、人形か何かみたいに吊り下げられ、二人はおでことおでこをぶつけて押しのけ合って笑い、司祭さまの顔を上げさせようとした、だって二人を担いだままお腹のあたりをくんくん嗅ぎ、おまけにもうちょっと下のへんまでくんくん嗅いだりするから……それから司祭さまは二人を下ろし、あのにやけた笑顔、百姓のファルダさんいわく、れっきとしたキリスト教徒の髪が逆立ったという笑顔を見せると、それから女中さんたちの前にひざまずき、犬か猫がやるように二人のお尻をくんくん嗅いだんで、しばしあっけにとられたけれど、そのせつな、奇跡が起き、司祭さまは体を起こすと、歯で二人をぶらさげてみせた、あの固いタオルを口にくわえ、本物の曲芸師みたいに手を水平に広げ、女中さんをぶらさげて部屋を歩いてみせたんだ、女中さんたちは靴と手をばたつかせて笑い、まるでタオルで背骨がくっついたシャム双生児みたいだった、司祭さまは歯をぎゅっと噛みしめて、自分の力でゆり動かしている。ふと思った、ガリラヤのカナの民だったらどんなにびっくりしただろうな、イエス・キリストが花嫁とマグダラのマリアをこんなふうにぶら下げて婚礼の場を回ったら、ぶどう酒の奇跡なんかよりずっとびっくりしただろうな、カトリックの信仰、そもそも宗教好きなみんなならどんなに励まされただろうな、なんせこういうほほえましい力なら、女の人の心だけじゃなく、どんな男の人の心も、砂人夫や水夫だったらなおさら心や魂までも虜《とりこ》にしてしまうはずだから。こうして司祭さまは大立ち回りをすると女中さんを床に下ろし、へたへたと座り込んでソファに手足を投げ出した、人にぶん殴られたみたいに片目は真っ赤、濡れた髪がおでこに張りつき、シャツははだけ、そして両側に女中さんがひとりずつつきそうと、ひとりが屈んでロースト肉を勧め、もうひとりがグラスにベルモット酒を注いだ……。ドアをノックすると、女中さんがドアにかけ寄ってきた、ぼくが水兵服を着て、ハンブルク―ブレーメンと縫いとられた丸い水兵帽を脱がずに中に足を踏み入れると、司祭さまはこれからどこかに臨終の秘蹟に行くのかと思ったらしく、目を丸くした……「どうした？」そう言った。でもまだ飲み続け、いつまでたってもグラスから口を離さないので、きょうこの身を捧げたものを司祭さまだけにお見せしたいんですと告げた。そして水兵帽を脱いで女中さんに預け、上着を脱ぎ、シャツをあごの下までまくりあげると、ひざをついてお願いした。「尊い司祭さま、どうぞ祝福を！」すると女中がきゃあと声を上げ、司祭さまはばたんと立ちあがって穴があくほどぼくの胸を見つめた、やがて静かになって窓にカゲロウと蛾がぶつかる音しか聞こえなくなると、少し間を置いてからぼくの髪をなでて言った。「誰のしわざだ」ぼくは答えた。「橋の下亭のアロイスさん」「それでこの刺青は何だね」司祭さまはもう一度ぼくの髪をなでた。「小舟と錨です」司祭さまはぼくを鏡の前に連れていき、軽くぼくの脇の下を取って持ちあげた、ぼくの目に飛び込んできたのは、胸に彫られた人魚、毛むくじゃらのお腹に、菓子パンみたいに大きなおっぱいと目をした人魚だった、この裸の人魚は、ジョフィーン・バーのお姉さんたちが、ミクラーシュの悪魔さながら舌を丸くすぼめて突き出す前に微笑むように、にっとぼくに微笑みかけていた。

2

ぼくの胸に永遠に刻まれた人魚を目にしたとき、父さんはしばらくじいっと見つめ、ながながと見つめ、かたっぽの目も、もうかたっぽの目もまばたきすらせず、まるでこの消すことのできない海のしるしについて、説明のつく事情を求めて記憶をまさぐっているように見えた……。ぼくはふうっと息をつき、あまりに胸がどきどきして、人魚までどきどきするリズムと一緒に目をつむったり細めたりするんで、祭壇画のアダムとイブがお腹を隠しているように、手のひらで裸の女の人を覆った……。でも父さんはただ手をふっただけだった、中庭からおじさんの雄たけびが、ペピンおじさんの嬉々としてよく通る声が飛び込んできたからだ、おじさんは、母さんの言い草じゃないけれど、八年前、十四日間の予定でうちに遊びに来て、今だに居座っているのだった。おじさんが叫んでいる。「失敬な、あんた、わしにヤギを見張っとけだって？　コガネムシみたいに踏みつぶしてやろうか！　クギみたいに歩道に打ちつけてやろうか！」そして父さんはいつものとおりおじさんの大声にギクリとすると、いつものとおりコンロのところに立ち、カップにミルク入りの代用コーヒーを注ぎ、パンを一切れ切ってコーヒーをすすり、かたやおじさんはわめき続け、話し声がナイフのようにうちの台所のバターみたいな黄色い光を貫いた。「何だとお？　子ヤギ？　ヤギなんていらん。子ヤギだってごめんだ。失礼じゃないか。いいかね、ヤギなんぞを追いたてている最中に、ザワダ大佐に出くわしたらどうなる？　そりゃ雷が落ちるさ。コレラにかかっちまえ！　このろくでなし！　ってな。そんで乗馬ムチ《リートパイチェ》でわしをぶったたくだろうよ。オーストリアの兵隊は、縄でヤギを引っ張ってたりなんぞしてたらいかんのだ！　それ以上一言でも言ってみな、二度と元に戻れないようぶちのめしてやる！」ぼくはシャツのボタンをしめて暖炉のそばの小さな腰かけに座り、子ども机に向かって勉強をしようと、インクにペンを浸した、でも書けなかった、帳面を広げてペンを乗せただけだった、母さんが入ってきたら、書いているふりはしただろうけれど……台所には怒りと苦しみが飛び交い、父さんからはとめどなく苦しみの後光が立ち上り、ぼくは見えない手で父さんから押しのけられる感じがしたけれど、それは母さんからもそうだった、なぜってぼくがほしいのは周りの子の母さんみたいな母さん、母親なのに、ぼくの母さんときたらいつまでも若い娘みたいで、いつだってお芝居や楽しいことばかり考え、いつだって捉えどころがなく、いつだってぼくの手をすりぬけてしまう、だからすり寄って甘えたことなんか一度もないし、そんなことをするにはあまりに抵抗があった、母さんの前ではいつだって顔が赤らんで、ぽおっとなってしまう、まるで黄昏時にリドゥシュカ・コプシヴォヴァーとジャスミンの花の茂みにかくれ、リドゥシュカのカールした髪を嗅いでいるみたいに。それに母さんが大きなシャンデリアの房の下に立って父さんをなだめたときも、ぼくは腰かけに座り、開いたノートのマスにペン先を乗せ、書き出すようなふりをしていた、誰かがのぞいたら、書いただろうけれど、何を書いているのか見たって、でたらめが目に入るだけだっただろう、まるで母さんが父さんを抱きしめているせいで、心臓がバクバクしていたから……ぼくにしたら、まるで母さんが広場で百コルナ札をばらまいているような、クリスマスツリーを、周りに並べたプレゼントごとよその子にあげているような、そんな感じだったんだ……。で、また腰かけに座っているわけだけど、何が恐ろしいかって、錨《いかり》と小舟ではなく裸の人魚をロイザさんが刺青《いれずみ》したことにまいっているぼくに負けないくらい、父さんがまいっていることだった、するとふいに、魚の尾ひれをつけた胸の女の子のことなんか、父さんの中を流れ、ぼくらの教会の脇の祭壇の、聖イグナチオの体中から金の剣みたいに広がる後光のように、父さんの体からそこらじゅうに広がってゆく苦しみに比べれば、まったく取るに足らないことのように思えてきた。父さんはうんと苦しんでいて、できるなら出ていきたい、どこへというわけじゃなくてただ出ていきたい、ひたすら出ていきたい、ひたすらこのビール醸造所から離れたいんだと感じた、支配人であり、自家用車もあり、申し分のない住まいもあり、ぼくのきれいな母さんもいて、ぼくが生まれたところであるこの醸造所から……醸造所、ここでは父さんの兄さんも働いていた、ペピンおじさんだ、なんといってもその大声とダンスゆえに、ぼくは父さんよりも好きだった、ペピンおじさん、おじさんは醸造所の仕事が終わると水兵帽をかぶる、黒のつばと金のリボン、正面の青地に金の錨の刺繍の入った提督の白い帽子、金ぼたんがついた帽子、毎日通いつめているバーのうるわしい娘さんたちにしか、さわらせない帽子を……ぼくは玄関に出ていって、ペピンおじさんが誰とあんなにうるさくやり合っているのかを見たくてしょうがなかったけれど、ちょっとでも父さんを喜ばせるために座っていることにした、インクに浸したペンをノートの上に置き、父さんがこっちを向いたら書き出せるようにして……。ああ、ぼくはなんてうちに苦しんできたことだろう、窓から外に飛び出したいとどれほど思ってきたことだろう、窓が閉まっていても壁をつき抜けて外へ、ただ外へ、外へ、外へ、そして向こうからは窓越しに菩提樹や栗の老木の枝が手をふり、雨がコツコツと叩き、開いた窓から醸造所の風がガタガタとぼくを呼ぶんだ！　そして母さんに品のいい女の人になってほしいと日ごろから父さんが願い、ぼくのほうも普通の母さんになってほしいと願ってきたように、父さんと母さんはぼくにきちんとした男の子になってほしいと望んでいて、ろくすっぽ体も洗わないとよく小言を言うんだけれど、ぼくは汚いほうが心地いいし暖かい、と泣いて言い張ってきた、初歩読本や計算ドリルのカバーのかけ方も教わったけれど、ぼくは読んだらもうページを破り取ってしまうんで、ミクラーシュの日〔チェコでは十二月六日が聖ミクラーシュの日とされ、その前夜に子どもたちはお菓子やプレゼントをもらえるならわしがある〕は決まって新しい学習帳を一冊、クリスマスには二冊渡された。父さんはぼくに家庭菜園を教えて好きにならせようとして、キャベツとサラダ菜を植え、耕し方を示し、ぼくのいいとこだけを残すには、悪いとこを摘まなきゃなんないように、どんなに雑草摘みがかんじんかを言い聞かせたけれど、父さんが行ってしまうと、ぼくは小さな鋤《すき》と鍬《くわ》を用意だけして辺りを見渡した、色鮮やかな鳥が大気を縫い、太陽がぼくを暖め、醸造所のすぐ裏の松林からは風がそよぎ、川からは子どものさけび声やかけ声が聞こえ、周りはこんなに素敵なものであふれている、それなのに、菜園の真ん中、雑草の伸びた畝《うね》の中につっ立っているなんて。ぼくは立ちつくし、どこかで窓が開いたり、コンクリの歩道を歩く足音が聞こえてきたりすると、あわてて用意してあった鍬をつかんで土を耕したけれど、それが父さんや母さんでないと分かると、また鍬の用意だけして立ちつくし、あれこれしたい気持ちでいっぱいの頭は、あらぬ場所へ飛んでしまうのだった……そこで腹を決めた、いや、決めたんじゃなくて思いつき、サラダ菜をそっくり、キャベツをそっくり引っこ抜いて摘んでしまうと、まとめて積み上げ、しおれてもう植え直すことができなくなるまで待った、それから鍬を肩にかついで引き揚げ、きれいさっぱり引っこ抜いたと父さんに告げた、父さんは怪しんだけれど、ぼくには母さんみたいなところがあっていかにももっともらしい顔ができたんで、父さんはぼくをなでて、それからこう言った、宿題がなければどこに行ってもいいぞ。そしてその晩、父さんはベルトを握りしめてぼくの前に立ちはだかった、でもいったん締め直して出ていくと、廊下から自転車の空気入れを持ってきてゴムホースを引き抜いた、だけどちょっと考えこむと、これでも手ぬるい、そもそもどれだけぶったたき、ホースではたき、ベルトで打ちのめしてみたところで、どうしたって手ぬるい、ぼくには母さんみたいにこういう面があるのだと悟り、母さんが笑って、フランツィン、アメリカのグロテスク映画だと思いなさいよ、となだめても、父さんは母さんをなじるように見、しげしげと見つめた。それでもなお父さんは、菜園に出ていき、撃ち落とされた緑色の鳥みたいにしおれた野菜の山をもう一度目におさめ、掘り起こされて生き返り、晩の露に濡れてきちんと並び、生き生きと起き上がっている雑草を見やると、野菜の苗を何本か拾い上げ、また力なく地面に放り出して戻ってきた、そしてぼくは小さな腰かけに座り、インク壺にペンを浸して一心に字を帳面に書きつけた、父さんがこっちを見つめてこの子はどうなるんだ、と案じているかぎり、まさに今晩、この人魚を見せる気なんかさらさらなかったのに、父さんは町で聞きつけてきたんで、見せるしかなかったこの夕方みたいに。見てるな、父さんの視線を感じ、きれいに書けば書くほど、文字と作文がぼくの救いであるかのように書き方にこだわった、そして最初は父さんがげんこつ一発でぼくを殴り殺そうとしているのを感じたけれど、ページをめくり、宿題、「わたしの家」を続けられるとほっとした……そうして書き続けているうちに、やがて父さんはぼくの首を絞めるんじゃないか、とぞっとして身がすくんだ、父さんなら思いつけばやりかねない、でも父さんはそれすら甘いと考え、やがて立ちあがるとナイフをつかんだ、書き続けていたぼくは、ふと思った、これは最後の作文だ、最後の宿題なんだ、作文だけがぼくを死から救っている、書くのをやめたらそこで死ぬ、作文だけが死を遠ざけている、たとえ父さんがぼくの首を切り落としたって、そうされたことに気づかないだろう、えんえんとえんえんとあんまり長く書き続けているもんだから、ペンを置いたらもう自分がいたことも分からないだろうから。すると父さんは棚からカミソリ用の砥石を取りだして丹念にナイフの刃を研《と》ぎ始め、研いでは十分に鋭くなったかどうかを指の腹で確かめ、ぼくは書き続けたけれど、ふとちっちゃな子どもベッドに寝ていたときのことを思い出した、もうとうに昔のことだ、父さんと母さんは舞踏会から帰ってきたところで、父さんはタキシード姿でカッコ良く、母さんは桃色のドレスに扇子を持ち、父さんはしきりに母さんをなじり、母さんはおびえきった声をあげていた。「違う、違う、フランツィン、誤解よ、違う!」すると父さんが言い返す。「だまれ、品のいい女は、あんなポーズで踊るもんじゃない! おまえは人妻で母親なんだぞ!」ぼくは怖くてじっと横になったまま、耳をそばだてた、父さんが丸い鏡台の引き出しを開け、母さんが父さんにしがみつく音が聞こえる、ぼくは怖気づいて体が動かなくなってしまったけれど、それは遠くで叫んでいるような父さんの声色のせいだった、父さんは何というか内面に向かって、小声で叫ぶことができるんだ、叫びながらささやくんだ、母さんがひざまずいて頼む。「撃たないで、フランツィン! お願いよ、お願い!」すると父さんが言う。「けりはつけないとな……あいつと何もなかったと誓え……」母さんは桃色のローブの中でひざまずき、床に雨上がりの虹みたいにダチョウの羽の扇子が広がった、そして手を組み合わせた、レボルバーを抜いた父さんは、タキシードが決まっていて、母さんは泣き崩れてそのままカーペットに身を投げ出した、夜会ドレスのひだがダチョウの扇子みたいにカーペットに広がる、ぼくはおっかなくて体がこわばって寝ているふりをした。もうとうに暗くなっていて、ぼくは闇の中へひたと目をこらし、耳をすまし続けた、母さんのさめざめとした泣き声が途絶えても、父さんはまだ興奮しきったままくどくどとまくしたて、ささやき、しゅんとした母さんの心に語り続けていた、やがて明け方になると音という音がやみ、ぼくはおしっこに行きたくなったけれど、この舞踏会の後の夜の一幕にすっかり体がこわばってしまったので、そっと寝がえりを打つと、ベッドのすき間におもらしし、えんえんともらし、ついにすっきりしてしまった、泣き切ったような、ベッドの間に涙を落とすかわりにおしっこをたらしてしまったような……こうして宿題「わたしの家」をもう一ページ書き進めた……すると父さんが研いだナイフを持って立ちあがり、子ども机の上に置くと、そおっと、まるでスプルニー司祭さまが祭壇の鍵を開けて金色のカーテンを開けるように、ぼくのシャツを押し広げ、あの人魚を見つめ、ぼくの目に父さんの指が飛び交うのが、ぼくの心臓がどきんどきんするのが見えた、ペン先をインク壺に浸して書き続ける、文面は内側から湧いてきた、何を書いているんだかすら分からなかったけれど、書くことで命拾いしていると感じた、だけど、ふとひらめいた、父さんはぼくの皮膚からあの乙女を削り取りたいんだ、あの人魚を。ぼくはあのときのペピンおじさんのような気持ちに、ハンス・アルバース〔ハンブルク出身のドイツ人俳優・歌手。戦間期から戦後まで人気を博した。〕が船長の役でかぶっていたような白い水兵帽を取り上げられそうになったときのおじさんのような気持ちになった……そこで書くのを止め、それこそ今まで一度ものぞいたことがないというような目つきで父さんの目をのぞきこんだ、ぜんぶ、これまでしでかしたことをぜんぶまなざしに込めて、ぼくは母さんみたいな気持ちになった、つっぷして、すっかりかぶとを脱いで、寝室のカーペットにドレスと扇子を広げていたときの母さんみたいな……。違う、父さん、お願い、違う、生まれて初めて誓いのしるしに指を立てた、引きさかれたシャツを着て心臓に絵が描いてあるキリストのように立ちあがり、指を二本立てて誓った。「違う、父さん、誓って言う、ぼくは錨のついた小さな小舟がここにほしかったんだ……それなのにロイザさんがこんなふうにしちゃったんだよ！」そして左手の指で人魚をトントンと指し、右手で誓いを立て、インクで汚れた指の腹を見せた。すると父さんは腰を上げ、パンを一枚スライスして言った。「父さんもそんなところあるさ、似た者同士というわけか」そして怒ったように、いや、怒ったふうでもなく、仕方がないといったふうに窓を開けた、ちょうど前に司祭さまと終油に出かけた際、クルカさんはぼくが足に聖油を塗っている間に息を引き取ったけれど、魂が解かれて天に上がる蒸気のように昇っていけるよう、司祭さまが自分で夏の晩にそばの窓を開けに行ったように。するとさわやかな空気がそよぎ、まるで大気中を漂ってきたか、窓枠に沿って動いてきたかのようにペピンおじさんの白い水兵帽が窓を横切った。おじさんはもはや誰にともなく、ただ単に、ただ楽しむために、晩の空気に声を張り上げていて、町のぺっぴんたちの元へゆくところだった。「また見事に勝っちまったわい、わしが勝った、聖体の祝日に、打ち負かしたプシェムィシルに雄馬で乗り込んでいったザワダ大佐みたいだな！」すると父さんは棚と壁のすき間に潜り込み、手を組み合わせてぶつぶつ言った。「嘘つけ、軍隊でドンパチが始まると、収まるまでじっと溝の中でつっぷしていただろ！」だけどペピンおじさんは、大口を叩き続ける。「指一本でも触れてみやがれ。ぱっと銃を抜いて、バンバンだ！　血の海を見るぞ！」父さんは手を組み合わせたまま、真実にもんもんとする。「昔から腰ぬけで、仕事が終わると迎えに行ってやらなきゃならなかっただろ、二十五になっても怖がりで、ところかまわず端にうずくまっていたじゃないか！」でもペピンおじさんは、さらに調子づく。「どけい！　オーストリアのころ、わしは最高の美男子でさ、美女がわしのためにピストル自殺したもんさ！　ブルノのツェイル通りにはわしの写真が飾ってあってさ、陳列窓の前で美女がつっつきあっては言ったもんさ。どのお方が一番好み？　そしたらどの美女もこのお方、ってガラス越しにわしの写真を指さすじゃないか、後ろにいたわしはよ、ガチョウの脂で胸をさすってもらっているような心地よ、そりゃほこらしかったわ！」おじさんの弾んだ声が響き、父さんは相変わらず壁と食器棚のすき間で手を組み合わせたまま、柱をにらみつけてささやく。「とんでもないホラだ、ガキのころからあばた面で、一、十二のときには首中におできができて、包帯が血だらけになってはがれちまったじゃないか！」でもおじさんの声は、天に昇るアベルの犠牲の煙のように、事務所から上機嫌に上がっていく。「ホヴォルカ隊長もわしと話すのがいっとうお好きだったなぁ。なにしろわしゃ、トンゼル首長にお仕えし、サーベルをお持ちして差し上げてたんだからな！」一方小声でおずおずとした父さんの声は、カインの犠牲の煙のように、地面をのろのろ這いつくばった。「真っ赤なうそだ、軍隊の位なんかありゃしなかっただろ、あの写真は人様《ひとさま》から借りて、将校面《づら》して撮ってもらったやつじゃないか！」父さんは天を仰いだけれど、ぼくは知っていた、神様は真実なんてお好きじゃない、ああいう、ぼくのペピンおじさんのような弾けたやからとか熱血漢がお気に召すんだ、神様は真実じゃなくて人がそうと信じて繰り返してきたことがお好き、というか、ぼくの目や母さんの目におじさんが悪者に映るように父さんがけしかける味気ない真実なんかより、情熱的なホラを愛《め》でるんだ、で、母さんも一緒になってほんとにばかばかしいことをやってのけるから、こっちは涙まで出てきてひくひく笑う始末、下手すると、とつじょうちの台所に奇跡が起きて、広場の健やかな笑いのパトロン、聖ヒラリウスが現れるんじゃないかと、目や頭の中がパチパチ弾けるくらいだった。すると醸造所の門を夜の見張り番のヴァニャートコさんが入ってきた、姿こそ見えないけれど、忠犬トリックの吠えてる声が聞こえ、ヴァニャートコさんの制服の上できらめきじゃらじゃらしているフラスコ瓶、懐中電灯、留め金、ボタンの音が聞こえる、ヴァニャートコさんはいつだって「完全武装《フェルトメーシヒ》」で持ち場につく、メキシコ製の銃を肩から下げ、いつかは金庫破りが起きるはず、氷室《ひむろ》のエレベーターの間にある小屋のベルトくらいは盗まれるはず、とうずうずしているんだ。「止まれ《ホルト》！」ヴァニャートコさんが叫び、メキシコ製ライフルを肩から外した、前の持ち主が銃尾を失くしたから、一度も弾をこめたことはないんだけれど。「誰だ《ヴェル・ダ》！」いつかは暗闇の中に誰かが現れるはず、とわくわくしてヴァニャートコさんが叫ぶ。でも大声を返したのはペピンおじさんだった。「休め、ヨシップ・《ルート・ヨツィップ・》ペピンが恐れながらご報告申し上げます《ペピン・メルデト・ジフ・ゲホルフザムスト》！」そこでヴァニャートコさんは前へ進んだけれど、よろめいたひょうしにトリックがぎゃんと痛々しい声をあげた、ヴァニャートコさんがけつまづいたんだ、すると軍隊でかかったマラリアのせいで頭に血が上りやすくなっていたヴァニャートコさんは、さっと犬をふんづかまえてセメントに打ち付け、犬が痛みにうめいたけれど、軍隊式の歩みでペピンおじさんに歩み寄った、そして今、二人してわが家の台所の窓明かりの中で向き合うと、いきおいよく敬礼し、夜回りさんが口を開いた。「ヨゼフ殿、一番の門の見張りを手前と交代して下さい。手前は支配人殿にご挨拶に上がらねばなりません」するとおじさんは水兵帽のつばに手をやって返礼し、メキシコ製ライフルを受け取り、ヴァニャートコさんはベンチに上ったけれど、ひげもじゃで運転手の三色帽をかぶり、革帯にこうこうと光る六本の懐中電灯をぶらさげた妙な格好で、そんなありさまで窓ごしに父さんに敬礼し、あいさつした。「夜番ヴァニャートコ、任務に就きます！」すると父さんは両手をぞうの耳のようにパタパタふって、父さんにとってはいまいましい、けれどもぼくにとっては得がたい夜回りの光景を追い払い、見張り番はさあ、準備体操は済んだとばかりに飛び降りると、通り一遍の儀式をかなぐり捨て、セメントからトリックを抱き上げてチュッとキスをしてなでてやり、痛みにべそをかいている犬をぼくたちに見せ、こう言った。「こいつはあたしに忠実な動物でしてね。かけがえのないやつでしてさぁ……」そしてトリックの鼻づらに直《じか》にチュッとやって、丸く巻いた古コートの弾帯を背中から外すと、事務所の下のベンチに広げた。ペピンおじさんが感に堪えないといった様子で言った。「そうこなくっちゃ。オーストリアの規律は、世界一すばらしい軍隊の世界一すばらしい規律なんだ」やがて暗闇から交互にかけあう嬉しげな号令が聞こえてきた、もう窓は閉まっていて、さらに父さんがカーテンも引いたというのに。「祈れ《ツウム・ゲベート》！　マーチ一番《マルシュ・アインス》！　直れ《ヘアゲシュテルト》！　パレードマーチ《パラーデンマルシュ》！」そしてセメントの歩道の上で、パレードマーチの足上げ行進をしてざっざっと靴の鳴る音がし、かかとを踏み鳴らしながら回れ右をし、メキシコ銃の銃床をガチャッと地面に叩きつける音が聞こえてきた。やがて真夜中近くになり、ヴァニャートコさんのわめき声と怒ったような声が響き渡ったけれど、驚くことじゃあないのだった。「加勢を頼みます！　強盗です！」夜回りさんがラッパを吹いた、父さんがレボルバーを手に取り、ぼくも父さんについて夜の闇に飛び出す。事務所の前で父さんが震える手でレボルバーを構え、声を張り上げる。「観念しろ、曲者！」するとヴァニャートコさんが叫んだ。「いました、手錠をかけます……！」そして棒きれで三本のスグリの灌木をこてんぱんに叩きのめし、機械で刈るように小枝をまきちらした、で、主任整備士がかけよってきて懐中電灯で照らすと、灯の中に現れたのは、叩きのめされ、幹のぱっくり割れたスグリの木だけだった、ぼくはヴァニャートコさんと同じで何も見えやしなかったけれど、叫んだ。「あっちに逃げた、ヴァニャートコさん、先回りして！」するとヴァニャートコさんは闇の中にすっとんでゆき、それからハアハア息をして満足気に戻ってきた。「ちくしょう、曲者め、俺様をあまく見るなよ！　俺様が目を光らせているからな、見張ってるからな、任された物はちゃんと見張るからな……」そして父さんはレボルバー、整備士は懐中電灯を持って引き揚げ、下着一枚だったので、夜の冷気にぶるると身を震わせた。別れ際、父さんは整備士に声をかけた。「定まった的なら、疲れは減るのにな」そしてくたびれてめいめい寝床に戻り、そしてベッドに入ったぼくの目にふいに自分の姿が見えた。水兵服姿のぼくが大聖堂の塔から眺めている、手をかざして眺め、海に浮かぶ船に呼びかけている、見える、船を見ているぼくが見える、船も海も見えるはずがないのに、今夜だって醸造所のレジや夜回りのヴァニャートコさんを襲った人なんていやしなかったみたいに。なんせ醸造所に勤めたこの二年にヴァニャートコさんがメキシコ銃で取り押さえ、おまわりさんにつきだした人といえば、醸造所の塀のそばでキスをしていた若いカップルが合わせて六組、夜間に通りかかったのが三名で、そのうち二人は夜更けに醸造所の角で立ち小便をし、ひとりは大きな用を足しているさいちゅうだった、で、ヴァニャートコさんは、醸造所の金庫やぶりをしようとした疑いで当局に取り調べてもらうために、そのままこの人たちをおまわりさんにつきだしたのだった。

3

こうしてぼくや父さんのように、そして父さんや母さんのように、そしてわが家のみんなと同じように、ペピンおじさんもあまり家にいるのが好きじゃなかった。一緒にいるとぼくらはあまりにいらいらする、あまりに苦しめ合い、傷つけ合ってしまう、あまりにおたがいのことが好きすぎる、だから愛しているからこそお互いに距離を置いて、よその人や物と過ごすのを好んだ。父さんは、乗るたびにオーバーホールしなきゃならないオリオン、あの悪夢のバイクがまだあった頃は、土曜日はいつも分解をしていたけれど、決してひとりではやらず、ぼくにまで手ほどきしようとした、でも一度しかぼくは手伝わなかった、なんせほんの一時間だよ、と言ってた父さんの約束とは違い、午後いっぱい、さらに晩もずっとかかって、父さんはこのオリオン銘柄のバイクの何がおかしいか、そしてこれだけ念入りに中を点検するのは、腕利きの外科医として悪いとこをとりのぞくだけのためなんだ、とくどくどと熱心に説明し続けたからだ。ぼくはオリオンの横で、犬小屋につながれた犬みたいにうなり声をあげ、一分が一時間、一時間が永遠に感じられ、だんだんバイクの部品ひとつを見ただけで、ドウシャさんが内臓を見るのもだめで、見たとたんに吐いちゃうのとそっくりな状態になってきた、そして土曜日の夜九時、父さんが恐ろしいほど気を配ってデスビをひとまとめにし、念入りにバチスト生地で磨き上げ、ひとつひとつの金属片、ねじ、そしてその役目について、人間の体の腺、膵臓、副腎の働きと同じなんだ、とそら恐ろしいほど愛情をこめて説明している横で、ぼくのおでこには五線譜みたいなシワが寄り、いっぽう父さんのおでこは幸せに輝き、そしてぼくは目の前にまだエンジンがむき出しになり、そこから黒い筒とクランクシャフトがにょきっと突き出し、作業机の上にキャブレターが外されているのを見たとたん、胃からせりあがってくるものを感じ、父さんがデスビを抱えてよけるまもなく、サラミ、ツーリストサラミを山ほど吐いてしまった、父さんがわーっと叫び、これは父さんにとっては、侍者たるぼくが聖なるホスチア、聖体を頂いてから床にぺっと吐き出すのとおんなじだ、と金づちを持ってぼくを脅し、ぼく自身も、まるでこんもりとよそった飯盒《はんごう》、子どものキャンプの飯盒みたいにてんこ盛りになったデスビにぶるっとした、ぼくはいつも、ふいにそれが頭に浮かんだとたんに、やってしまう、で、すぐにしでかしたことにぶるぶる震えあがってしまうんだけど、しばらくすると笑いがこみあげてきて、自分がやっちゃったことは、やって正しかったんだという気持ちがじわじわ強くなるんだった……そして父さんは金づちを持って駆けずり回り、ぼくを殺せないんで腕時計を外して金床《かなとこ》に置き、一撃でこっぱみじんにしちゃったけれど、そうでもしなくちゃ、時計でなくぼくの頭をかち割ってしまうのをがまんできなかった……そして門を開けると、指でぼくを自分の楽園から追い出し、ぼくは星夜に包まれた、寒空に立ちあがった星が、震える銀の短剣のようにぼくに刃先を突きつける、ぼくは醸造所の果樹園にしりぞくと、古い椎《しい》の並木道につっぷして、地面に顔をすりつけ、ほっぺで草をなでて口に含み、体をのけぞらせてはのたうち回り、時おり甘ったるいうめき声をあげた。うちにはオスネコがいて、マツィークという名だったけれど、いつだったか夜のあいだ外に出さずに家に入れておこう、と母さんが決めたことがあった、外はぬかるんでいるし、あくる朝、そのままベッドに飛び乗ってくるかもしれないからだ。だけどマツィークは真夜中に前足でまずマグカップを落とし、それが無駄に終わると、全力でタンスの上のオーストリアの重い目覚まし時計をひっくり返した、すると父さんが頭に来て、マツィークをつかまえて敷居に据え、寝ぼけているもんだから、けっぽったら裸足の親指を椅子にぶつけ、ようやく二発目のフリーキックでマツィークを夜空に蹴り出した、こうして、罰をくらうような形で、オスネコは暮れ時から行きたくてたまらなかったところに行けたんだった。

そんなわけで、父さんはこの二年間に、醸造所の従業員全員、さらにご近所さん全員、ついにはこの小さな町に住む半分近くの人にかわるがわる分解を手伝わせた。そしてこのことを知らない人がいると、土曜の午前中にだしぬけに尋ねた。「今日の午後、ご予定は？」そしてその人が何も疑わずに、今日の午後は空いていると本当のことを言おうものなら、父さんはその人のひじをそっとつかみ、謎に満ちた極上の笑みを浮かべ、熱心に口説いた。「それなら、ねぇ、うちの醸造所に来て緩み止めナットを持っていてくださいよ、一時間ほど」そして何も知らない人は、父さんがバイクの頭を分解してしまうなどとは夢にも思わずについていく、そしてご近所さんは父さんにスパナを渡してやることになり、父さんはエンジンのガタつく音をとことん調べる、このガタつき音はこのエンジンにつきもので、びっこを引いたりどもったりする人がいるみたいに、永遠に直らないのに。で、父さんたらオリオンの内臓へもぐりこむのをそれは夢中になって説明してのけるので、そのころ、手伝いに来た人のお宅では奥さんが取り乱し、恋人なら愛する男を殺しはしないまでも、別れてやる、男の友人と浮気してやると誓っているくらいなのに、近所の老いも若きも父さんと分解を続け、時が刻々と過ぎて真夜中に近づき、白々と夜が明け、さあ、エンジンを元通りにしよう、と父さんが腰を上げると、どんな喜びが待っているかって、日曜日の午前十時に鐘が鳴り始め、父さんが手で示すままにぼくがためしに一度踏んでみると、賭けてもいい、日曜の鐘の音みたいにエンジンがガタガタうるさい音をたてるのだった。そんなわけで父さんと分解するのはみんな一度きりで、醸造所の周辺のみんな、小さな町のみんなが交代し、そしてすでに一度父さんと分解したことがある人、一時間だけ、土曜日だけナットを持っていてあげたことのある人はみんな、父さんが猫なで声で問いかけると、あの恐ろしさを味わったことのある人はみんな、すぐにそこから離れて叫んだ。「だめだめ！　午後は病院に行かなきゃいけないんです、お墓に行かなきゃいけないんです、義理の姉が来てますんで、家にいないといけないんです。収支計算をしなきゃいけないんです。兄が家を建てるのを手伝ってやると約束したんです……」それでも父さんは優しく言う。「でも、オリオンのエンジンがすばらしいことは認めるでしょうに……」するとご近所さんたちは言う、確かにすばらしいけれど時間がない、時間はこれからもずっとない、なぜなら夜も朝も飲み屋に入り浸っていたとか、よその女とどこかにしけこんでいたとか思われるし、それに土曜の午後と晩と日曜の朝に何をしていたのか、父さんは書面の証明もくれたけれど、どこの奥さんも恋人も信じやしなかったから。ヤルミルカさんなんか公証人のはんこまでくれと言って持っていったのに、それでもやっぱり奥さんは信じてくれず、別れるしかないくらいだった。今や父さんが町に足を向け、人々はその姿を見かけると、すぐに仕事も歩道の掃除も野良仕事もほっぽり出し、まるで何かのおとぎ話みたいに、父さんを目にしたとたんに家や物置や納屋の戸の中にすぽっと吸い込まれ、父さんが通り過ぎると、おそるおそる外に出てきて、ながながと辺りを用心深くうかがってから仕事に戻るようになったけれど、もはやのどかな気分も楽しさもどこかに消し飛んでいるのだった。あげくのはてに、父さんが広場にやってくると、人々はその姿を見たとたんに、すぐに路地に逃げ込むか、主の教会に飛び込んで席につき、父さんに気付かれないように、瞑想するふりをして、ベンチにすわって手で顔を覆うほどになった。中には、父さんが土曜の午後、近頃じゃ金曜から、日がな人の顔をじろじろ眺めまわしているのを見ると、知らない人のお宅であろうが飛び込んで、しばらく物置の戸のかげか中庭にじっとして、それから通路を伝い、犯人を尾行する探偵みたいに、横顔だけをのぞかせて、もういなくなったかどうか通りをうかがう住民もいた。約束どおり、ほんの十五分だけナットを持っていてあげた肉屋のブリーテクさんなんか、日曜日に家に帰ってみたら、洗濯用の大窯《おおがま》なみの大鍋いっぱいに仕込んでいた胃袋のスープが鍋ごとすっかりだめになっていた、胃袋のスープは、つぶしたばっかりの豚のスープと同じで、冷めてきたらしっかり冷め切るまで掻き回さないといけないからだ、だから肉屋のブリーテクさんは、パラツキー通りで父さんの姿を見かけたとき、ぎょっとしたあまりシスレルさんの帽子屋に飛び込み、で、肉屋の例にたがわずひどく気が弱かったものだから、シスレルさんに美しい帽子を売りつけられるまま、ぐずぐず試したあげくに買ってしまったんだけど、それでも三十分というあいだ父さんのためにナットを持っていてあげるよりも安くすんだ気がしたのだった。ペピンおじさんが手伝ったのも一度きりだった。真夜中が近づき、もうおじさんの目には飲み屋の給仕の美女が首をそろえ、いつ白い帽子が現れるかしら、と時計や入口にむなしく目をやっている姿が浮かんでいたとき、おじさんは樫の木づちをふりおろし、父さんはシャフトを握っていた、けっして金づちじゃない、木づちでシャフト上の新しいベアリングを叩いていた、というのも父さんは、坂を登るとエンジンがオーバーヒートして、コーヒーの匙《さじ》を一本ずつブリキのバケツに放り投げるような乾いた音がするのは、ほかならぬベアリングのせいと考えたからだ。そんなわけで父さんは腹でシャフトを支え、ベアリングも支え、おじさんは木づちで叩いていたけれど、ふいに父さんは、あと一発叩いたらまたベアリングが行きすぎてしまう、もうちょうどよい位置だ、と見て叫んだ。「ホラ・イシュテネ、ストップ！」でもストップだけにすべきだったんだ、ホラ・イシュテネ《ああありがたや》なんて言っているあいだに、ペピンおじさんは次の一打をふりおろしてしまい、父さんもベアリングがバッチリの位置にきたシャフトを引っ込めたから、おじさんの一発を腹にくらってしまい、父さんはうずくまった、そしてペピンおじさんが父さんを立たせると、なんとか立ちはしたものの、また金づちに手をやって、おじさんの上にふり下ろした、決して当てはしなかったけれど、一撃に見合う何かをしてやらなきゃいられなかったんだ、そこでおじさんの腕時計、ロスコップ銘柄の、あのオーストリア帝国の懐中時計をつかみ、金床の上に置いた、そして、金づちをふり下ろすと、懐中時計の針やスプリングやねじが壁一面に飛び散り、こうして腹にくらった一発の痛みをすっきりさせ、父さんはおじさんを追い払った、おかげでおじさんも、体を洗って水兵帽をかぶり、まんまと塀を乗り越えることができた、なんせ夜回りのヴァニャートコさんは夜中の十二時を回るとぐっすり眠りこけ、誰もゆり起こす気になれないくらい、足元の犬のトリックともども寝入ってしまうから。フクロウ、ミミズク、コノハズクが鳴いたって目を覚まさない、一度なんか女の人たちが洗濯物のひもで縛り上げても目を覚まさず、ぐうぐう眠り続けたほどだった。

4

ペピンおじさんは、三ヶ月ごとに反抗心を起こし、父さんに通帳を預けるのを拒み、毎日十コルナずつ父さんから煙草代をもらうのを拒み、母さんに洗濯物を任せるのを拒み、日に一度、うちで温かい食事を取るのも拒んだ……。とっかかりはいつも同じで、ペピンおじさんがわめき、フィレ肉のクリーム煮のお皿を押しやって騒ぐんだ。「なんだ、この中華めしは？　胃がもたれる！」母さんがガチョウ料理をふるまって「どう、お口にあったかしら？」と尋ねたときも、ペピンおじさんは手をふってこう言った。「まあな、付け合わせの酢キャベツはな」そしてうちで豚をつぶし、好きなものをたらふく食べたときも、わざとさいごに豚のしっぽをつまみあげてやぶにらみし、それからひっぱり、歯でかんでひきのばしたあげく、しっぽが歯からすっぽ抜けて、弾みで座っていたそばの壁に頭をぶつけると、毒づいた。「こんなげてもの、食えるもんかい！　このアマ、わしをまぬけの中のまぬけだと思ってやがるだろ。だいたいまわりじゃ言ってるわ、あんたらはわしからかすめとってるってな！」父さんが驚いて、管理にいくら、煙草代にいくら、洗濯代にいくらかかり、いつも温かい夕食に五コルナかかることをテーブルの上に書きだしてみせても、おじさんは冷ややかに、恨めしげにぼくらを眺め、とつぜんぼくらみんなを憎み出す、ぼくらはみんな、おじさんにとってはお偉いさん、ご主人様で、ぼくらはみんな、ハシゴを上に登っていくのに、職人のおじさんは倒したハシゴの上を行ったり来たりしているだけで、あの世にいくか年金暮らしにならないかぎり、いまの暮らしを抜け出すチャンスはないのだった。毎年わが家はおじさんの革命にびくびくしていたけれど、年を追うごとに恐怖感は薄らいだ。毎度のことなので秩序と決まりが生まれ、動機もいつも同じなので、最初に驚いたときのショックが和らいできたから。そんなわけで父さんは、ペピンおじさんから預かっていたお金を一銭残らず返し、貯金通帳も返すことにした、おじさんからすれば、自分の手で苦労して稼いだお金をごまかされてたまるもんかいというわけで、資本主義者にしっぽをふる弟とおごそかに縁を切ると、母さんが仲直りしましょう、と差し出した手もはねつけ、玄関に立った、まるでよってたかってぼくらが傷つけたかのよう、まるで自分が寮で寝起きしてぼくらが三部屋と台所つきの家に暮らしているのは、ぼくらが悪いかのよう、まるで弟のフランツィン、ぼくの父さんで、母さんの夫が支配人をしている醸造所で職人をしているのはぼくらのせいであるみたいに。しかも、家の外に出てからもまだ思い切りペッと唾を吐き、立ち去りながらやかましく叫んだ、お偉方なんかよう、端からひっつかまえてよう、地べたにぶちのめしてしまえばええ……。その晩ぼくらは小さくなってみんなで心を寄せ合い、シャンデリアの下で父さんは母さんにもたれかかり、母さんは父さんをさすり、父さんは片手で母さんをさすり、もうひとつの手でぼくをさすり、ぼくもふたりにしがみついた、何が起きたのやら、どうにも気持ちの収まりがつかなかったから。そしてペピンおじさんはまず持ち金を使い果たし、翌週には父さんがおじさんのために貯めておいたお金を使い果たし、三週目の土日には、もしものためのお金を使い果たし、月曜、火曜、水曜、木曜はつけで支払った。それでもペピンおじさんが町に歩いていくと、門が開いてご近所さんや女の人が飛び出してきて、窓が開き、その下を水兵帽をかぶったおじさんが通りかかると、声をかけられる人は口々に、おじさんが訪ねてゆく美しいお嬢さんのことを尋ね、ご婦人たちは、一緒にお芝居をしないか、いつ日の落ちた林にデートに誘ってくれるのか、いつウィーンへ、ブダペストへ連れてってくれるのかを尋ね、お嬢さんたちは、いつ中州にダンスに連れていってくれるのかを尋ね、まだ先の冬の話なのに、レディースチョイスのダンスを申し込み、紳士たちはなれなれしく、飲み屋の女の子たちのふくらはぎについて聞き、やれ女の子たちがどんなおっぱいをしているか、やれ部屋の羽毛布団はどんなだかをねほりはほり尋ね、そしておじさんは、一軒目の家で花を分けてくれるように頼むと、その先々の家の女の人にもらった花をプレゼントし、そこの庭からまた花を分けてもらうと、通りや広場に向けて開け放たれた窓の美女たちにプレゼントするのだった。そんなふうにペピンおじさんは歩き、おじぎし、あいさつし、キスをふりまき、そしておじさんが何か言葉を返すと、人だかりであれひとりであれ、わははと笑いが起き、通り過ぎる汽車が煙を残していくみたいに、おじさんは笑い声の中を遠ざかっていくのだった……。そしてさっそく最初に立ち寄る駅が、ジョフィーンの酒場で、おじさんが一歩中に足を踏み入れると、退屈していた娘さんたちがとびあがり、一人に花を手渡すと、花を奪い合い、目をひっかいてやるといがみ合い、おじさんが腰をおろしてコーヒーを頼むと、マルタ嬢が言った。「ほらこれ、雄牛さん、あたいからシャンペン一杯。ちゃんとおしっこが出るようにね」そしてボビンカがレコードをセットし、蓄音器が《墓場よ、墓場よ》を流し始めると、おじさんのひざに乗り、客たちが手をたたいてはやす、とにかくおじさんが姿を現すところ、どこでもにぎやかになるのだった、ぼくを連れていくこともあって、そんなときぼくはすみっこに座ってレモネードを飲んでいるか、お嬢さんたちの間に座らされたけれど、いっしょに座っているのは好きだった、安物の香水の匂いも好きだし、黒く描いた眉とか厚化粧した顔を眺めるのも好きだったから、それにお嬢さんたちが身をかがめてくるんで、ぽおっと赤くなると、赤くなったというんでぼくの髪をなで、胸元に引き寄せてくれ、ぼくは目を閉じるのだった、その横でペピンおじさんは勢いこんで説明する。「あのな、ご婦人方、わしのお嬢さん方、わしのうるわしき方々、わしが持ってきたような花束はな、亡くなられたフランツ皇帝がシュラット男爵夫人にお持ちしたのとか、カール大公が士官用カジノ《紅鷹》のお嬢さん方にお持ちしたのと同じくらいのものなんだぞ！」ボビンカが甘ったるくため息をつく。「あん、マエストロ、そんな目で見つめたりしちゃ、あたい、シュラット夫人みたいに倒れちゃう、結婚なんてことになったらそれこそジ・エンド。じゃなかったらナイフでグサリよ！　ジ・エンドね！　それかあんためがけてバン！」マルタがボビンカをおじさんのひざから押しのけ、ボビンカに覆いかぶさるようにして叫ぶ。「目ん玉ひっかいてやろうか、ピピンちゃんにふさわしいのはあたい、あたいだけよ、あんた、一緒になってくれなかったら、毒を飲むわよ！」ペピンおじさんは、バンだの毒だのの話に目を輝かせてコーヒーをすすり、とつぜん叫んだ。「飲めや、お嬢さん、プラム酒でな！」すると酒場中がどっと沸き、マルタ嬢が言う。「でもマエストロ、バチスタ先生のご本は、こういうことについて、なんと言っているかしらね？」ペピンおじさんは鼻メガネを取り出してかけ、マルタ嬢に手を差し出してうやうやしく言った。「あなたがモーツァルトのように聡明なご婦人だって一目でわかりますな。バチスタ教授は性に関する健康科学の著書でこう述べておられる、健常な男子はしかるべき発育を遂げた性器を持っているべし、性器はペニスとふたつのしかるべく発育した睾丸からなるべし……」するとボビンカが他愛なく聞く。「睾丸がひとつだけだと？」そしてぱっちり目を見開いておじさんを見つめる。「それはバチスタ先生の本によると、いわゆる単睾丸というやつで、奇形なり」とたんにお嬢さんたちがやいのやいのと言い出し、おじさんの袖や手を引っ張り出す。「まあ、《中身も見ずに物を買うな》てわけね！　さっそく健康診断しましょ！　しかるべき検査をしなくちゃ！　ほら、マエストロ、早くお部屋に上がりましょ」けれどもペピンおじさんは飛び上がって娘さんたちをふり切ると、声をかけた。「景気いい音楽をかけてくれ！　さ、踊ろうや！」するとおかみさんがドアを開け、ホールに年寄りのセントバーナードがのそのそと入ってきた、デデクという名だった、ペピンおじさんがボビンカをダンスに誘うと、ほかの娘たちもわれ先に一緒に踊りたがったので、おじさんは決めた。「じゃ、三人のお嬢さんと踊ろう、トリロジーってやつ！」そう言って娘たちの腕を取り、娘たちはおじさんの真似をしてすみの方に散らばると、音楽のリズムに合わせてたがいを指さし、次に煙のたちこめた天井を指さした、客たちは周りで円になり、おかみさんはナイフを持ったまま腕組みをして笑い、頭をふったけれど、顔は笑っていた、もう少ししたら始まる、ワインとリキュールが堰《せき》を切ったように流れ出す、と心得ていたんだ、それほどペピンおじさん、マエストロは場を盛り上げる達人だった、で、おじさんが片足をあげ、軽く曲げてしゅっと宙にけり出すと、娘さんたちも真似をし、目で追いかけては、飛び込んでくる光景に死ぬほど笑い転げ、きゃっきゃっと声をあげた、それからおじさんは助走をつけると大きく足を踏み出して、トランプの鈴のジャックみたいになり、娘たちも続いて真似をし、ほこりをたて、そしておじさんは高々と跳びはねて足を広げると、着地して前後に広く足を開いた。ボビンカが叫ぶ。「マエストロ、そんなに股を裂かないでよ！」マルタが声をかけた。「マエストロペピン、そんなに嚢《ふくろ》をおっきくしないでよ！」ダーシャがひとり顔を赤らめて言った。「あんたたち、何言ってんのよ？　大きな嚢だなんて……脱腸……なんて、あんた、起こさないでよ！」そしてぴょんと飛ぶとカンカンを踊り始め、他の娘たちもひざや足を高く上げてカンカンに加わり、おじさんはひざをついたままおじぎし、スカートが舞い上げるほこりを浴びた。むくりとセントバーナードのデデクが起きあがって後足で立つと、前足でおじさんの肩を押して床に転がした、でもおじさんは起き上がって次の娘さんにひじを差し出し、娘さんをつかまえてエスコートした、そして一緒に足を大きく前に踏み出して、娘さんの腕を返すと腰を支えて一回転させたので、音楽のリズムに乗って娘さんの髪の毛が床をこすった、そこにセントバーナードのデデクがまたおじさんに覆いかぶさってきて、仰向けに転がし、くーんと鳴いておじさんの顔によだれを垂らしたんで、酒場中が腹を抱え、どこかのお客がボトルワインを言い付け、おかみさんがトレイに一杯グラスを並べて持ってきた、そしておじさんが上体を起こすと、娘さんたちが立たせて椅子に座らせ、おじさんのほっぺたを赤く塗った。「何やら顔色が悪いから、マエストロ」ボビンカがそう言い、マルタが自分のドレス、黒いロングドレスと赤い造花のバラを持ってきた、さあそれからだった、娘たちが部屋でおじさんに黒いドレスを着せ、音楽が流れてくると、おじさんは造花のバラを歯にはさんでホールに飛び出した、そしてアルゼンチン・タンゴでカルメンを踊り、トンボ返りと宙返りを決めると、下着から一物がはみ出したけれど、おかまいなしにまじめくさった顔でカルメンみたいに唇をすぼめた……するとまたしてもセントバーナードのデデクが立ち上がり、前足でおじさんを突き倒し、馬乗りになってくーんと顔に向けて鳴いてみせたんで、涙目になって笑い転げていたおかみさんは、デデクを外に連れ出し、おじさんはぺこりとおじぎすると、頰紅と口紅を塗ったくった顔のまま、あの人好きのする笑みをぐるりと周りにふりまいた、二階で娘さんたちに塗りつけられたのはエナメル塗料で、この先一週間ずっと、その顔のまま樽を削り、ボイラーをはたき、下水道に潜りこむことになるなんてことはつゆ知らず、なんせ声がやかましいので、近頃ではもっぱらボイラー室か地下の醸造所に追い払われていたから……

あくる日、午前中の休み時間に職人たちが父さんのところへやってきて言った、朝からペピンおじさんの姿が見当たらず、今やっと寝床の下で寝ているのが見つかったけれど、死にかけているようにも見える。父さんはすぐに察してアンモニアの瓶を手に取ると、職人たちと連れだって出かけた、けれども一同は、非難めいた目つきで父さんを見つめていた、気を失って、寮の簡易ベッドの下でぼろ切れに埋まってのびてしまうくらい、実の兄を飢えさせた張本人はあんたじゃないか、というわけで。寮に着くと、職人が二人がかりでベッドをわきにどけた。かびの生えた古い長靴やあちこちほころびた作業靴の中、ほこりをかぶったぼろ布とほこりの中に、ペピンおじさんがひっくり返っていた、乾いた赤のエナメルでほっぺたがてかり、目の下が黒ずんで、息をしていないように見える。父さんが屈みこんでおじさんの胸に耳を当てると、鼻で息をしているのが見えた……。そこで、アンモニアの瓶を開けて鼻にかがせてみると、鼻で息をするのをやめて口で息をし始めたんで、口を手で押さえると、いきおいアンモニウムを少し吸い込み、はじかれたように起きあがってむせかえった……。父さんはぴんと体を起こし、簡易ベッドから足巻き布とぼろ布をつまみあげ、おじさんに言った。「これはなんだ」するとペピンおじさんは涙目を向けてぼろ布をひったくって叫んだ。「上等なシャツじゃんか、グランツォヴァーさんのべっぴんさんがくれたんだ……」父さんはさらに、ぼろ布、はぎれ、汚れた衣類を次々に引っぱり出したけれど、どれもうちにお昼を取りに通っていたころは、いつもきれいに洗ってあったものだった……「じゃ、これはなんだ」するとおじさんは、いちいちそれはあの娘さんから、これはあのべっぴんさんからの大切な贈り物だと叫び、またひとつ暖炉のバケツからぼろ布を引っぱり出すと、汚れた補助枕の下に押し隠した……。見守っていた父さんは、職人たちが、これはぜんぶおじさんのせいなんかじゃない、醸造所の支配人のせい、現場作業員の兄のペピンがここで畜生みたいに寝泊まりしているのに、三つの部屋に暮らしている弟のせいだと見つめているのに気付いた。麦芽製造所を後にする前に、父さんは塩化アンモニウムの瓶を開けて何回かうんと吸い込んでみた、でも涙はわいてこなかった。きっとこのアンモニウムも、八年前に十四日間の予定で訪ねて来た兄が、これまで引き起こしてくれたありとあらゆることに比べたら、弱すぎるんだ。その晩ぼくは、水兵帽をかぶり、ほっぺたにエナメル塗料をつけたペピンおじさんが、裏の豚小屋の方へ歩いていくのを見かけた、帽子のつばが地面を向いているのが見える、そこでビールかすを積んだ車のそばを迂回して、納屋に沿ってそっと中庭の門に向かった。ペピンおじさんが麦くずのついたゆでたじゃがいもを拾い、ズボンで麦くずをこすり落として口に運んでいた。そしてにわとりのえさのじゃがいもをきれいに平らげ、捨てられた皮まで腹におさめてしまった。

5

本格的な寒さが訪れ、川に氷が張り、氷を切り出す季節になった。切り出した氷は、いい値で引き取ってもらえるので、農夫たちが荷馬車で運んでくれるのだけれど、その何千もの氷の処理、つまりリフトでの作業をどう振り分けたものか、父さんはいつも頭を悩ませた。父さんが腹を立てるのも無理はなかった、氷の作業は誰もやりたがらなかったから。ただひとり、ペピンおじさんだけが喜び、楽しみにしていたけれど、職人たちはこれを矯正労働と捉え、のらりくらりと逃げ回り、そのあげく、父さんを脅しさえした。いつかはあべこべになる日が来ますよ、職人が事務所であぐらをかいて、お偉方が氷をつっつく日がね、一人残らず、醸造所の新しい所長のチマーチェクさんもね、と。こう言われても、父さんは黙っていた、もしかしたら父さんも、いつかそんな日が来て世の中があべこべになるのを待ち望んでいたのかもしれない、父さんだってお偉方は虫が好かなかった、新しい所長さんのことはとくに。この所長は豚を飼い、血統書つきのイノシシを三頭抱えていたけれど、豚の世話に夢中になり、魂を注ぎすぎたあまり、自分も豚かイノシシの頭に似通ってきて、下唇が下がり、歯茎から歯がでっぱり、さらに事務所にこんな決まりまで作り出した、所長さんが入ってきたら、そろって書いたり計算したりしているように、事務員は着席して常にペンを用意しておくこと、という決まりを。ペンも動かさず計算もしていない人がいると、所長さんは血相を変え、事務所の連中は怠けている、人手が一人分余っているようだね、とすぐに支配人兼経理責任者である父さんに詰めよった。前の所長のグルントラート先生は馬車で通ってきたのに、この所長はふらりと現れたかと思うといきなりドアノブをつかんでずかずかと事務所、発酵部屋、麦芽小屋、作業部屋、木箱製造工場に踏みこんできて、何も見ないふりをして何もかも見ていくので、職人だけでなく父さんも煙たく思っていて、毎晩、母さんはシャンデリアの房の下で父さんを抱きしめてやらねばならなかった、そして父さんは母さんにぐちをこぼすとき、いきなり恐ろしげな顔をして自分を指さすと、あごをひっつかんだ、だけどそれは自分のあごではなくて、新しい所長さんのあごなのだった、そしてこんなふうにぐいっとひと思いにあごを引っこ抜くと、いかにもいやそうに遠くへ投げ捨てた、この所長さんのあご外しをすると、父さんは機嫌がよくなった、こうしてのみ心が落ちついたからだ。

こうして氷の作業は父さんが振り分け、その作業員全員の記録は、もとはやはりビール醸造所の職人で、全職人のかしらに上り詰めた親方が、まとめて帳面にシフトを記し、それぞれの出勤簿と勤労態度を書きつけていたけれど、この親方は、自分を喜ばしく思うあまり、職人に対して権力を持てるとはなんと幸運なことか、信じられないほどで、もちろん毎朝、鏡にわが身を映し出し、ボタンで留めるポケットが四つついた上着を身につけ、醸造所の職人全員の名前とデータを記した帳面をポケットにつっこむのを楽しみにしていたけれど、自分を喜ばしく思うあまり、始業ベルが鳴る三十分前にはもう事務所の前に現れ、乗馬ズボンにブーツという出で立ちで仁王立ちになり、職人が遅刻しないかだけでなく、やる気はどうか、あくびなどしていないかどうか、刺すような目で見つめた。ペピンおじさんのことは、作業中にああも大声を出すので毛嫌いしていて、ボイラーについたチリ硝石を叩いて落とさなければならなくなると、毎回そこに追い払った、それにこの作業は誰もやりたがらなかった、ボイラー室はほこりがひどく、豆電球が光る中、二人一組になって金づちできつつきのように一センチずつ、一カ所ずつ叩いていくんだけれど、チリ硝石が細かいちりとなって砕け飛ぶので、口周りにハンカチやスカーフを巻きつけなければならなかったから。だけどペピンおじさんは歌い、叫びながら作業した、そうでもしないと、誰と組もうと、その相手の気がめいるからだ、ボイラー室のほこりと息苦しさを紛らわす手立てはたったひとつ、大声をあげるおじさんをだしにみんなで盛り上がることだった、ボイラー室にはことあるごとに、誰かが顔を出してはボイラーの桃色のほこりに向かって叫んだ。「ジェパじいさんが言ってたぜ、お前さん、前線でヤギを追ったてたんだって」するとおじさんは力強く金づちでボイラーを叩きながら、リズミカルに叫び返す。「前線にヤギなんかいるかいな!?　あほう！　ヤギは怖がりなんだ、銃声なんか聞いたら腰抜かすわ。はっ！　それにドンパチやってる中でヤギなんかかまってるひまがあるもんかい」そして機械工たちが換気蓋を開けると、メガホンでさらにうんと大きくしたようなおじさんの声が醸造所中にわんわんひびき、親方がかけよってきて帳面を広げ、ボイラー室に向かって叫ぶんだ。「勤務中に何をわめいとるか！　弟さんが支配人だからって、好き勝手なことが許されると思わんことだ、ちゃんと帳面につけておくからな！」そして何やら書きこんで、勝ち誇った顔で見渡すと、職人の中で自分だけが大きな権力を持つ親方の地位に上り詰めたんだと自分にうっとりし、にんまりするのだった。親方はボイラーを叩く作業が終わると、下水道の清掃作業を用意した、するとまたもやペピンおじさんが姿を消し、潜水艦に乗り込むように地下に潜りこんだ、外には職人がひとり、ブリキの手押し車とともに残り、おじさんが醸造所の内臓と腸のヘドロをスコップでかきだして、ひとかきひとかきバケツに入れると、それを外の仲間が引き上げて手押し車に空けた、仲間は暇をもてあましたり、ほかの仲間がそばを通りかかると、腰をかがめて下水道の中に向かって叫んだ。「ジャニンカが来てな、言ってたぞ、結婚式の寝巻を縫ってるって」そして仲間が立ち去ると、下水道から巨大な間欠泉のようにおじさんの大声が噴き出し、嬉しげな音をたてて壁を叩き、空に突き抜けた。「なにぃ、あんなばあさんが？　おっぱいを足の間にぶらんぶらんさせて歩くのと、わしが結婚？　絶世の美女だって手玉に取るわしが？」おじさんの声はよく通るので、醸造所のリンゴ園をつき抜けてうちまで、窓を開け放っている事務所の父さんのところまで聞こえてきた、すると親方がかけ出す、走りながらもう帳面を開き、そして下水道の悪臭の上に屈みこみ、下に向かって叫ぶんだ。「ヨゼフさん、弟さんの力を当てにしなさんなよ……。現場を仕切っているのはわたしだからな！　さっさと仕事したまえ、ぐずぐずしとるんじゃない！」

そして氷を切り出す時節になると、親方はペピンおじさんを一番つらい労働に割り当てた。まだ暗いうちから作業員たちは川面の氷を大きな板、長い帯の形に切り出し、それを岸のそばで板状に切り分けてひとつひとつに小さな穴を開けた、すると陸にいる者が穴に鉤《かぎ》をひっかけて氷をつかまえ、二人ひと組で陸に引き揚げ、それからまた二人組の作業員が、氷をすみれ色の手袋の手で荷馬車に投げ入れる、荷は重さをはかるので、どの農夫も重たくしようとして、荷台のあおり、側面のすきまにも支えがわりに氷を詰めた、きらきら光る氷の荷が朝の赤く冷たい陽の光を受けて虹色に輝き、馬が荷を引きだすと、お尻の皮膚にぎゅっとしわが寄り、ひっきりなしによろけるようにひざをつき、鋭いひづめが氷の土手に食い込んだ、ひづめの下で氷のかけらが飛び散り、鉄の車軸がくっつき、どの荷馬車もきしんでうめき声をあげ、どの車輪もポンプの油が切れたような音をたてる、こうして荷馬車はぞろぞろつながって、時計の針のようにカチカチとビール醸造所の計量所へ進み、それからまた先へ進むと、ときには三、四台の荷馬車が氷の粉砕機、砕氷機の前で待つことになった、それからバケツ式リフトが氷を上へ、シャフト伝いに六階建ての氷室《ひむろ》の屋根の真下にまで引っ張り上げて、バケツの氷を空け、ベルトコンベヤーに戻るのだった。午後になると川から蓄音器の音が聞こえてきて、テーブルの上で温かいポンチが湯気を上げ、子どもや学生がスケートで遊び、ぼくだけがおびえ、ぼくだけが凍った川の作業を見つめ、ぼくだけが凍った霜が絡みつき、たてがみもしっぽも灰色になったへとへとの馬を見つめ、ぼくだけが運び上げられる氷を見つめて重さをひしひしと感じ、川の表面がごっそり荷車に積み込まれてゆくのを、つらい流れ作業を見つめていた。暖を取れるところなんかない、あるとしたらただひとつ、氷室の壁に隣りあった小屋の中だけで、そこでは赤々と燃えるストーブの上に、たえずいくつかのかじかんだ両手がかざされていた……。すると粉砕機からおじさんの歌声と叫び声、はしゃいだ、いきりたったような叫び声が聞こえてきた、このペピンおじさんの大騒ぎだけが、作業員たちを暖め、とりわけやる気を出させることができた……。おじさんは鉤を持って粉砕機のそばに立ち、荷馬車がやってくると叫ぶ。「オーストリアの兵隊はいつだって勝つ、いつでもどこでも勝つぞ！」そして鍬《くわ》を手に取って、側あおりを二回叩くんだ、すると留め金が外れ、あおりが開いて粉砕機に氷が散らばり、食いしん坊の粉砕機が透き通った氷や乳白色の氷をガツガツかみ砕く、で、ペピンおじさんが鉤を持って中腰になり、風車に向かっていったドン・キホーテみたいにフェンシングの構えをして吠えると、向こう側にいる作業員も同じようにこっけいに構え、おじさんが号令をかけるんだ。「突き刺せ《アインファッハー・シュトース》！　前へ《フォーノヴェルツ》！」

そして立ちはだかる氷に攻めかかり、叫び、声をかけ、ぐさぐさ突っつくと、氷が粉砕機にちらばった、まわりはおじさんが無茶をしすぎて、身をすり減らさないように、いくたびも両手で抱きしめてやらねばならなかった、愛情たっぷりに抱きすくめた、頭ひとつ大きな大男たちが……けれどもし負けじとペピンおじさんは叫ぶんだ。「オーストリアの兵隊はただただ勝利あるのみ！」そして大男の御者にひと勝負を持ちかけると、ほかの御者たちも寄ってきて、涙が出るほど大笑いした。ペピンおじさんが笑っている御者を地面に組み伏せ、ノックアウトを取り、周りに向って叫んだからだ。「こんなふうにフリシュテンスキー〔二〇世紀初めに活躍したレスリングの選手〕は黒人に勝ったんだ……わしはどいつが相手でもやっつけるわ！」そして紫色のこぶしを熊みたいな大男の赤い鼻の上にふりあげたけれど、そこで空《から》になった粉砕機が音をたて、荷台の残りの氷を空けてくれとおじさんと作業員たちに呼びかけた、やがてバケツ式リフトが残った最後の氷を運び上げて氷室の中に空けると、機械も気が抜けたように陽気にほっと息をつき、脈も平常に落ち着き、一休みするのだった……。ときにどうしても硬くて粉砕機でさえ歯の立たない固まりがあると、棒きれや鉤やバールで叩かなければならず、そうなると機械に道具を持っていかれないように注意しなければならなかった。持っていかれると、道具は押しつぶされるだけでなく、柄もろとも叩きのめされてふっ飛び、張りだした屋根の軒裏に突き刺さったから。それでもおじさんはひるまずに柄を取り戻そうとやっきになり、まわりが地面に伏したり、逃げまどって横木の後ろに身を隠したりしているのをしり目に、笑い、叫び、嬉しそうにわめいた。「オーストリアの兵隊はどんな前線だって、平和な時分だって勝ってみせる！」すると見習いが声をあげる。「その姿、ジャニンカに見せたいねぇ！」おじさんが叫ぶ。「何を見るって、何言ってんだ、あんた！　あんなばあさん、タンゴも踊れやしないじゃないか」するとと少し離れたところにつくねんと立っていた親方が、笑みを浮かべて近づいてきて言った。「どっこい、ジャニンカは踊れるさ。見事にね！　そうだろう？」そして氷の作業員たち、職人たち、それからおじさんを見わたしたけれど、おじさんは口をつぐんでぼそっと言った。「あんたの知ったことかい」そして粉砕機の周りを掃き始め、ひざをついて紫色の手袋で氷のかけらを拾い上げた、職人たちも少し遅れてはっとしたように、おじさんの横でひざをついて氷のかけらをリフトに投げ入れ、御者もそれぞれ荷馬車の方に引き揚げ、親方だけが取り残された、親方は笑みを凍りつかせ、何が起きたのかわからないふりをしたほうがましだとばかりに帳面を取りだして何かを書きつけた、そして職人たちは静かになり、親方が察して門から醸造所に戻るまで、炎を見つめるように、回り続ける粉砕機を見つめた、親方はもうとっくに彼らの仲間ではなかったんだ。

やれやれ、うちのじいちゃんのぶちぎれ方はまたなんと違っていたことか！　こんなふうに休み中にじいちゃんと庭に座っていたときのことだった、じいちゃんが葉巻に火をつけようとしたら、風がさっと吹いた、じいちゃんはかーっときて風をののしり出した、次々にマッチが消えてしまうからで、とうとう最後の一本も消えてしまった。そこでじいちゃんは声をかけた。「ナニンカ、マッチを持ってきてくれ、いいかね?」だけど誰も持ってこない、そこでじいちゃんは声を上げた。「ナーナ、マッチ!」そして耳をすますが、誰も持ってこない、そこでかみつくように言った。「ナンカ! あんちきしょう、マッチはどうした?」そしてさっそく籐《とう》の椅子を握りしめ、後ろを向いて、カーテンが膨らんでいる開いた窓に目を走らせた。ぼくが言った。「じいちゃん、ぼくが取ってくる!」するとじいちゃんがわめいた。「このあんちきしょうのこんこんちき! このアマ、マッチをよこさんか」家の中に駆け込むと、おばあちゃんと下働きの女の子は窓から窓へ走ってはカーテンの中でもがいていた。開いた窓からじいちゃんの叫び声が飛び込んでくる。「このあばずれども! マッチはどこだ!」ぼくはばあちゃんからマッチを受け取ると、かけだそうとしたけれど、廊下で立ち止まって耳をすました、じいちゃんが騒ぎ、もはや椅子だけでなくテーブルまで激しくどんどん叩き、わめいている。「あばずれども! おまえらみんなうんとっちめてやる。マッチはどこだ?」するとさっとばあちゃんと下働きのアニチカが納屋から古い洋服ダンスを出してきて、じいちゃんに小さな斧を手渡すと、じいちゃんはものの数分でタンスを粉々にしてしまい、それから椅子に身を沈めると、もうぼくがマッチを渡しても見向きもせず、まるで激しく戦った後のように、まるで映画の中で女房の浮気を知った亭主のように、しばし気抜けして、一方ばあちゃんと女中は、もみがら用のくずカゴにばらばらになった板くずを掃き入れ、大きな板は薪小屋に運び、じいちゃんはむっとして前を見つめ、ぎょろりと目をむいていたけれど、十五分もするとけろりとして白い歯を見せ、体をゆすり、また陽気にはしゃぎだした。このときのじいちゃんみたいに、自分の父親がいかにかんしゃく持ちだったかを母さんはよく話してくれて、それはそうだろうなと思うんだけど、じいちゃんは年金暮らしになった今もよくぶちぎれた。休みから家に戻る前のこと、じいちゃんはメリーゴーランドに連れてってくれて、うんざりするほど好きなものを買ってくれた、家に帰ると、庭の長い木の手すりにばあちゃんがカーテンを干していた、その大きなカーテンには四季と十二カ月の刺繍が入っていて、それはばあちゃんが自分で縫ったものだったけど、ぼくは目を覚ますと窓ごしにのぞき、こどもの本や飛び出す絵本みたいに、カーテンの刺繍を読んだものだった、で、ぼくらがそこを通りかかったとき、じいちゃんは、日に干すためにカーテンを留めてあった木の手すりから出ていた釘に、ズボンをひっかけ、ちょっぴり破いてしまった……そのとたん、まるで『小さな読者』の「こどものコーナー」の笑顔を逆さまにすると泣きべそになるように、じいちゃんの笑顔がひっくり返り、ズボンでなく心が破けたように、そこから昼下がりにカラカラと笑っていた笑いを流し出してしまい、そして叫んで怒りを爆発させるためだろう、穴に指をつっこむと、大きく広げた。「誰がこんなとこに釘を打った？　誰だ？」そして開いている窓に向かって叫んだ。「アンカはどこだ。ナニンカ、どこにいる！」じいちゃんがわめく、けれどもカーテンが揺れるだけで、家はしんとしている。「おまえら、どこのあばずれのしわざだ？　言わんか！　言わぬか！」ぼくが言う。「じいちゃん、ばあちゃんを見てくるね……」そして家に入り、カーテンの向こうの庭をうかがうと、じいちゃんが立ち上がり、窓をにらみ、まるで窓が目であるみたいに怒りくるってにらみつけ、わめいて地面を踏みならしている。「おまえら、そういうわけか？　返事ひとつせんってわけか？　このアマ、新しいズボンなんだぞ！　こっちに来て縫ってくれ、はよう！」でも家の中では誰も動かず、静まり返っている、カーテンが揺れ、じいちゃんは緑の芝生のお花畑の中できらめき、芝生には、糊のきいた、四季と十二カ月の柄がきらめくカーテンが干されている、人に見える姿は天使で、ばあちゃんが若いころに嫁入り道具として縫ったときのまま、冬の天使にも翼が生えていた。「おまえら、そういうわけか」じいちゃんは叫ぶとカーテンの中に飛び込んで踏みならし、リールと釘からカーテンがちぎれてじいちゃんの靴に天使が群がった、じいちゃんは天使の中でツイストし、そしてカーテンはもちろん半世紀も昔のものだったから、破れてびりびり裂ける音まで聞こえてきたけれど、それでもじいちゃんの気は収まらず、カーテンから飛びのくと、最後にもういっぺん呼びかけ、叫んだ。「アンカ、糸をもってこい、ナニナ、このアマ、糸をもってきてズボンを直せ！」だけど家はしんとしたままなので、じいちゃんはズボンの穴に指をつっこむと、さらに片手をずぼっとつっこんでズボンを下まで引き裂き、体を二つ折りにして、破れていない方のズボン足までつかみ、破ろうとしてそのまま倒れ込んだ、生地が丈夫で破れなかったんだ、でも倒れたままズボンを脱いでステテコ一枚になると、脱いだズボンをびりびりに破り、それから破れたズボンに飛びかかってドシドシ踏みつけたけれど気は収まらず、ズボンを手に洗濯場にかけこむと、ボイラーの下に押し込んだけれど気は収まらず、ボイラーからマッチを取ると、すってズボンに火をつけた……そのとき下働きの女の子とばあちゃんが出てきて両手をもみしぼった、二人はローラー搾り機から取り出した洗濯物の入ったカゴをおろすと、まず古い洋服ダンスを引っぱり出してきた、するとじいちゃんは素手でその古いタンスにつかみかかり、手を使い、さらに体重を乗せて横倒しにし、それから手斧で扉をずたずたにし、ばあちゃんは燃えているズボンをボイラーの下から引っぱり出して急いで外に出てくると、ポケットから身分証明書と財布を取り出した、だってじいちゃんは何かあるとすぐに気にして怒り出すくせに、気を取り直すと、またあの世界一いかしたじいちゃんに戻って、「スラブ人てのは、すぐ気にするのよ」と何もかも人種のせいにしてしまうからだ。

こうしてぼくはスケート靴を肩にかけて立っていた、もう電球に灯りがつき、遠くで列車の音が聞こえ、氷を切り出す作業員たちが、二、三日もしたら雪解けが来るだろうと言う、ぼくは暗闇の中を氷を積んでやってくる荷馬車を見つめていた、タトラ山のように氷を斜めに積み、御者も氷の作業員も毛布にくるまり、足にはずぶぬれの袋をひもで巻きつけている、手をパタパタふっているひともいて、すみれ色の手袋が重たげな鳥の翼に見える。決して飛び立つことはできないけれど、せめて暖まりたくて手をふっているんだ、ペピンおじさんが声を張り上げ、〈湖のほとりでナイチンゲールがさえずっている〉を歌い、聖ゲオルギウスが槍で氷の竜と戦ったように、馬車の脇からせり出した氷に鉤で立ち向かっている、川からは蓄音機の音が聞こえ、カラフルな電球の灯りの下で男女の学生がカップルになって踊り、電球の灯りの中に鍋の湯気が見える、鍋の沸きたった湯をお玉ですくって熱々のポンチを作っている、ぼくはまた例の革命を起こして家に寄り付かなくなっていたおじさんを見つめた、悲しくて、ぼくは自分の分を作るんだとごまかして、パンにバターをつけておじさんに届けていた、どっちにしろ見ちゃいられなかった、それまでの稼ぎを女の子たちと一緒に二日でパァにして、水曜日にはこちこちのパンをめんどりから横取りし、にわとりに交じってじゃがいもをあさるなんて。家に帰らないと、とふと我に返ったけれど、帰りたくなかった、読本の「みなしご」のさし絵みたいに、すみっこの暗がりにたたずんでいる方がいい、だから立ち続けた、それに家には帰りたくなかった、たとえ家には何でも揃っていて、暖かくて蓄音機があっても。きっとあそこにはまた麗しい人たち、町の人が集っていることだろう、あの人たちは晩に寄り集まっては芝居や文化のお話に花を咲かせ、ビールを飲むんだ、だけど母さんはそのあくる日、もう三度も、客たちがビールを三ケース空けたそのあくる日の朝になって三度も悪態をついた、お客さんの誰かが食糧戸棚をトイレと間違え、便器でなくラードの入った容器におしっこしてくれたからだ……。朝、母さんはおしっこだけ流し、さてその晩のこと、ぼくは見た、みんながそろったところで、母さんがあのラードの容器を持ってきて、お客さんにナイフと焼きたてのパンを渡し、めいめい好みでパンにラードを塗ってくれと頼んだのを……お客さんはラードをつけると、ほおばって言った。「おや、このラードはいけますな、さすが醸造所のエサは違いますなぁ……」ぼくは母さんと同じ目つきでみんなを眺めた、母さんはやられた仕返しをしたまでだけれど、ぼくはいい気味だと思った、みんないけすかないから、完璧すぎるから、ぼくはコンプレックスを感じて、この人たちには何を話したらいいかわからなかった、だからまっかになってだまりこくるばかりで、誰もぼくから一言も引き出せたことはなかったんだ。そのお客さんたちのことが、ちゃんちゃらおかしく思えてきた。袋をかぶせてひもで巻き、濡れて重くなった一ダースできかない数の靴が行き来しているのを間近で見つめていたぼくの目に、今、うちの客たちがすぐ近くのわが家のリンゴ園を歩いていくのが、このまったく同じ時間帯に、きちきちのサイズの靴を履いているのが見えたから。最近じゃ男も小さい足の方が流行《はや》りだった。だからぼくはよく、はるばる町から川を越え野を越えて歩いてきたお客さんが、醸造所の塀にもたれかかって足を上げたり屈伸したり、靴や足の指をこすって血のめぐりをよくしているのを見かけた、単に一サイズ下の靴を履いたりするから痛むんだ、でもエレガントではあった……。おじさんに声をかけた。「おじちゃん、また家に来てよ……」だけどおじさんは手をふった。「仕事優先だ、おまえにゃ関係ないだろ！」そしてまさにお手本のように側あおりの留め金を叩いてみせ、酔っぱらっているかのように、いかに底なしのエネルギーで鉤を持った腕をふるい、氷を粉砕機にかき落とせるかを見せつけた。ぼくは開いている門から中に入った、角の街灯が光り、雪解けを運んでくる香《かぐわ》しい風が川から吹き寄せる。遠くの列車のガタンゴトンという音が、まるで醸造所の塀に沿って走っているように聞こえてくる……。麦芽製造所のそばではいつものように風が起き、寄りかからなきゃならないほど強く背中に吹き付け、少しでも前にかがめば、吹き飛ばされるか、つまづいて転んでしまいそうだった、それほどここの風は強かった、そういう今、耳元でびゅんと風がうなり、肩にかけていたスケート靴が浮き上がって持っていかれそうになった……だけど数メートルも進むとふっと風が止み、左右のスケート靴がチンとぶつかって、支給住宅の窓の明かりが目に入った、台所をのぞいてみると、暖炉のそばに父さんが立ち、何か考え込んで、ゆっくりとぼんやりとコーヒーをすすっている、レンジの上にコーヒーカップと小鍋がたまっているのが見える。教頭先生が入ってきて笑い、母さんも部屋の戸口に立ってやはり笑っている、それからテーブルの上に四角に切った布が見え、母さんと教頭先生がこの布の真ん中をつまみ上げてふり動かし、糸でくくってレンジの上の鍋に浸すのが見える、さらに居間から弁護士さん、薬屋さんがやってきた、そろって上機嫌で、父さんまでほほえんでみせた、それからみんなは父さんに布を渡し、父さんが布を縛った、みんなやけに楽しんで作業している、けれどもこっちはさっぱりわけが分からなかった、何やってんだ、何ができるんだ。さらに見ていると……母さんがひもと糸をほどき、布を広げた、蝶の羽根やくじゃくの目玉みたいに美しく、どの布にも青や緑や黒のメタリック色がきらめいている……するとお客さんたちは、このバチスト布のハンカチをここから見えない部屋に持っていってしまった……そこで支給住宅をまわってみて、そっと庭を歩いていくと、氷室のリフトがまた新しい氷を砕く音が聞こえてきた。氷室沿いに、上に向かって放たれている電球の光が、屋根の輪郭をくっきりと浮かび上がらせ、後ろの醸造所の辺が燃えているよう、まるで最後の審判の聖画のように見える、それほど電球の燃える硫黄と水銀はまがまがしい兆しを夜に放っていて、醸造所の輪郭と影が緑色に染まって見えていた……でもうちの窓をのぞくと、長いひもにバチストの布が何百枚も干され、母さんとお客さんたちが台所から次々に布を持ってくるのが見え、このなにやら素晴らしい光景に、すぐにでもうちに入って手伝いたくなったけれど、マフラーをぐるぐる巻きにし、靴を袋とひもでぐるぐる巻きにしているペピンおじさん、それに氷の切り出しに加わっている人たちのことを思い出すと、あそこで見たことここで見ていることの違いがだんだんわかってきたかのように、苦々しい笑いがこみあげてきて、何か違う世界をうすうす感じてぶるっとしたほどだった、聖マルティヌスのマントのように、剣で二つにされた世界、けれども隣り合って存在している世界、まるで、相変わらず氷を砕く音と群青の空を照らす電球の光をリフトのベルトが運び上げている、醸造所の裏の氷室の裏でびしょびしょに濡れた靴と服の世界と、母さんのエプロンをした教頭先生がアイロンをかけているバチストの布の世界とのように。すると母さんがミシンを押し出してきて、父さんのズボンの寸法を取った、股の部分を計ると、一同がわっと沸き、大笑いしてむせかえったけれど、父さんだけはまじめな顔をして恥ずかしがっていた……母さんが乾いてアイロンのかかったバチストの生地を集めた、ミシンが音をたて始め、みんなはそれを眺め、おしゃべりし、笑い、ビールを飲み、そして母さんはカタカタとミシンを踏んでたちまち美しいズボンを縫い上げ、さらに父さんの背丈、胸周り、腕の長さを計るとせっせと縫い、教頭先生は椅子に腰かけて、せっせと針を動かして袖を身頃に付け、ボタンの代わりに大きなボンボン、黒いガマズミの実みたいなのを縫いつけ、一時間もすると父さんは着替えに行き、道化になって戻ってきた、そしてさらに長いダチョウの羽根のついたぴったりした黒のベレー帽を受け取った、で、母さんは、父さんに留め金代わりに同じボンボンを付けた新品の黒のエナメル靴を履かせると、さらに黒いテープを正方形に切り取り、父さんの顔に貼り付けて、その上から父さんがむせ返るほど白いおしろいを塗りたくった……するとみんながどよめき、ぼくもびっくりした、なんて父さんカッコいい、いや、男の中で一番カッコいいじゃないか、それなのに自分ではカッコ悪く、限りないしもべみたいに見えると思いこんでいる。そこへ教頭先生と弁護士先生が寝室から楕円形の鏡を運んできて、父さんが鏡をのぞくと、ぼくの目に映ったのは、まるっきりぼくそのものだった、父さんはずばり自分に自信がないんだ、ぼくも同じで鏡で自分を見るのは怖かった、でも今、父さんは見るしかなかった、そして見た、穴があくほど見つめた、それから手を前に伸ばした、たぶんわが目が信じられないんだ、ぼくは窓越しにエールを送った、しっかり自分を見て、父さん！　そしてまわりのお客さんを見てみるんだ！　すると父さんは本物の道化みたいにポーズを取り、気持ち良さそうに笑った、初めて、恰好こそサーカスの道化だけれど、自分で自分を認めた、自分を見つけたんだ。そしてボンボンを付けた足を脚立の上に乗せると、足を曲げてひじを付き、てのひらの上に顔を乗せ、メランコリックな道化の役をやってみせた、「道化師の百万」を……すると母さんが廊下からバケツを持ってきて、父さんの口の下に来るようにじゅうたんの上に置いたんで、まるでダンスパーティーで、気分の悪くなった道化が戻そうとしているように見えた……ぜんぶ見てきてぼくはわかった……そしてお客さんたちがさらにアイロンをかけ、せっせと縫い、ミシンがカタカタ鳴り続けるのを見続けた、一方、氷室の裏では空《から》になったバケツ式リフトがカタカタ音をたてていて、もはやかけらひとつ運んでおらず、今やミシンだけが朗らかにベルトの音と部品のぶつかる音をたてていた……ぼくもほっとして、緊張が解けた、それほどぼくは機械のことを思い、今日の午後はすっかり機械になりきっていた、だけどやがて灯りも消えた……そしてベルトコンベヤーが冷え、夜の見回りのヴァニャートコさんが、弾が出ない武器、メキシコ銃を引き抜き、レボルバーの安全装置を外し、犬を連れてゆっくりと林の中に分け入っていった、これから一晩中びくびくしながら本物のベルトコンベヤーを見張るんだ。なにしろベルトは五万コルナもして、何かのときにはつぐなうと父さんにサインしていたから。やがて、麦芽製造所の角におじさんの白い水兵帽、あのハンス・アルバースのだんながかぶっていたような帽子が現れ、おじさんはしばらく帽子を両手で押さえて風と戦っていたけれど、ついには風のないところにたどりつき、そしてぼくは、おじさんがジョフィーンのきれいな娘をつかまえて一緒に踊るために、門を飛び越えて走り去るのを見届けた、日曜に取られてしまわないように、土曜のうちから靴底に入れておいた、最後の十コルナ二枚もその娘にみついでしまいに。それからぼくは玄関に誰もいないのを見計らってそっと家に入ると、服を脱いでベッドに横になった。誰もぼくを探しにこない、すると願ったみたいに、部屋のドアがひとりでに開き、ぼくは羽根布団にくるまったまま、暗闇の中から明かりのついた部屋を眺めた、そして一時間ごとにミシンから、母さんの指の下から、バチスト生地を縫い合わせたズボン、袖、長いコートが縫い上げられていくのを眺め、男たちの器用な指が、根気よく黒のボンボンを縫いつけていくのを眺めた、ビールケースにまたビールケース、相変わらずのけだるさ……そして真夜中近くになっても、一同の熱気は冷めやらず、まだ山場に向かっていくのだった……ぼくは年を取った、急に自分がものすごく年取ったような気がしてきた、母さんの仲間たちよりも年上のような、この人たちが人形の服を縫っている子どものような……だけど、一同が道化の衣装に着替え、そろって黒のぴっちりしたベレー帽をかぶり、羽根をつけ、鏡の中や他人の目の鏡の中で、自分の姿をとっくり眺め、ほんとうにみんなよく似合っていたのだけれど、どんなに衣装がよく似合っているかを、ひとりひとりどっちにも、そしてみんなでたっぷりほめたたえ合うと、教頭先生がパンパンと手を叩いて合図をし、一同が鼻に黒い仮面をはめた、そしておしろいをはたき終わると、教頭先生が高らかに言った。ソコルの仮面舞踏会用に、真夜中の道化のシーンを稽古しよう。

6

ペピンおじさんが五キロやせ、風呂に入るのをやめ、ある週は手を一本、次の週は足を一本、三週目はもう一本の手、四週目はもう一本の足、その次の週は首、その次の週は胸を洗うというぐあいで、からだの状態がみすぼらしくなってくると、おじさんの反抗心も革命も燃え尽きてしまった。そしてまたしゅんとなってうちに戻ってきて、おとなしくするしるしに水兵帽を透けた紙袋に入れて提げ、三か月前まで座っていたように、また台所に座った。母さんが西洋わさびソースに蒸しパンだけ添えて出すと、おじさんはむさぼるように平らげて、口いっぱいにほおばったまま叫んだ。「こんなのにありつけるのは大司教様くらいだ！」そしてきのうのお昼の蒸しパンと酢キャベツを温めて出すと、ペピンおじさんの感激ぶりとほめ言葉は終わりを知らず、鍋ごときれいに腹におさめてしまう前に、叫んだ。「こいつは亡くなられたフランツ皇帝の一番の好物じゃないか！」

そして母さんの手にキスをして、その甲にわさびソースと酢キャベツをちょっぴりなすりつけて言った、母さんは、皇帝の恋人であり、女優であり、当時のウィーンだけでなく、帝冠領で一番きれいな娼婦がいたトランシルヴァニアを含む、オーストリア一のべっぴんだったシュラット男爵夫人にひけをとらないと。そして父さんにまたやりくりを頼み、毎日の小遣いと煙草代と下着代と協会代をくれるように言った。実の兄がこれほどしおらしくしているのを見た父さんは、ほろりと涙ぐんで言った。「なぁ、兄貴、シュコダ430の分解の仕方を教えてやるから！」ペピンおじさんは言った。「そりゃ悪事の才能があればの話だろ、なんせそいつは、レンチで金庫をこじ開けるのと変わらない作業だからな」だけど父さんは、やる気さえあればなんでもモノにできる、と言い、さらに付け加えた。「兄貴が麦芽職人か手伝いの身で終わらなきゃならん、とどこに書いてある？運転手にだってなれるんだぞ、馬を売っぱらって、うちにはトラックが二台あるんだし！」それはほんとうのことだった、これを聞いて、母さんまでが遠い目をしてブビク、あの巨大なせん馬のことを思い出した。夕方、毛を剃られ、屠畜場に連れていかれたブビクは、屠畜場で自分で縄をほどき、自分でゲートを開けて外に出て、町をてくてく横切り、橋も戻ってきたんだ、このあたりの道はひとしきり頭に入っていたから。そして真夜中を回ったころ、門の前でヒヒーンといなないた。でも夜の見回りのヴァニャートコさんはぐっすり寝入っていて、いななき声に気付いた父さんが、起き出してきて、門、それから厩舎を開けてやった、するとブビクはヒヒーンといないてまっすぐに自分の寝床に戻り、夜が明けると、職人たち、友だちに向かって戻ってきたよといななないた。だけど御者はいなかった、三日間のお休みをもらっていた、だって十八年も同じ馬に乗ってきたのに、その馬がつぶされるのだから。だから父さんは決めたんだ、これは身内の不幸のようなもんだ、母親や兄弟、ようするに一番身近な家族が亡くなったように、馬を失った悲しみを、飲みあかし、泣きあかすためには三日かかると……というわけでブビクをあらためて屠畜場に連れていくと、もうおとなしく歩き、もういなきもせず、もうしようがない、もうおしまいだ、とわかっているように見えた、屠畜場の臭いで、ここは生き物の命にかかわるところだと気づいたんだ。というわけで父さんはペピンおじさんと並んで歩き、兄の肩に腕を回しさえし、この土曜の一日を仲むつまじく歩いていった、父さんはペピンおじさんに熱く語った、オリオンは技術的におかしなところがあったから分解しなきゃならなかったけど、シュコダ430は何の問題もなく動くから。どうしてこれほどちゃんと動くのか、どうしてこれほど問題なく進み、動くのかを探るために、分解するんだよ、車が完璧だからこそ、眠れないんだと。「そういうもんだと納得しなきゃ」ペピンおじさんが叫んだ。すると父さんは満足気にうなづいた。「そう、まさにそこよ、俺は納得はしてるんだよ、だがそれだけじゃなくて哲学者としては、この完璧な秩序のわけを解き明かしたいわけよ、なにしろヨジンカ、覚えとけ、シュコダ430のエンジンは、自然や宇宙みたいに完璧なんだから」そして上着と袋を地面に置くと、そこにペピンおじさんを寝かせ、車をバックさせてきて、自分も車の下によっこらしょと腹ばいになってもぐり込み、さらにレンチやスパナも引きずり込んだ。こうしておじさんの隣に横たわると、父さんは言った。「さ、このケーブルがブレーキにつながってるんだが、どうしてこんなに効きがいいのか、見てみようぜ……」そして父さんは分解を始め、おじさんにスパナを渡し、軽くはたいて乾いた泥を落としてくれるように頼んだ。するとおじさんが叫ぶ。「人間は知りすぎるのはよくない。でないとばちが当たる！　イエニーチェク・サフルーというやつは兵役で、大砲とはなんなんですかとしつこく軍曹に聞いた、軍曹は土曜の午前と午後をつぶして教えてやった、それなのによ、イエニーチェクはしまいになってこう聞きやがったんだぜ、その大砲ってのはどうやって安全装置を外すのですか。そこで軍曹は、奴をみんなの手本として示し、安全装置の外し方をマスターさせた。そしたら日曜の午後、イエニーチェクのやつ、イチーンの兵舎にあった大砲の安全装置を外しちまった、弾は遮断機をぶちぬき、ゲートをぶちぬき、丘から小道を下ってイチーンにぶっ飛んでった。町の人は命からがら街路樹の後ろに逃げ、弾は庭園に飛び込んだ。人間は知りすぎるのはよくない」おじさんはそう言い、泥が落ちないので、レンチをシュコダ430の乾いた車台に三べん叩きつけた、いきなりぴしゃっと土が目に飛び込んできて、父さんが悲鳴をあげた。「ヨシュコ、この毛むくじゃらの豚、なにすんだ？」そして仰向けのまま目をしばたたかせ、汚い手で目をこすったけれど、涙で土を流し落とすために、うつ伏せにならなきゃならなかった。そしてブレーキに問題がないことを確かめたけれど、特に目につくものがなかったので、首をかしげた、だってオリオンのブレーキもしょっちゅうおかしくなるから、このシュコダのブレーキみたいに気をつけて分解してまた元通りに組み立ててみるんだけど、やっぱりおかしいままだったから。「バーの女のとこに通うより、こんなふうに分解してるほうがよくないか？」父さんはそう言うそばからさっそくボンネットを開けると、どこが点火プラグで、どこがシリンダーヘッドで、どこがエアクリーナーかをおじさんに示し、さらに部品、シリンダーヘッドを外すと、もみ手をし、シリンダーとは何で、ピストンとは何で、どこにクランクピンかあるかを熱心に説明しながら示した。するとおじさんはいかにも、というようにうなづいて言った。「弟よ、確かに。ハブルダ亭のヴラスタみたいだ、弟よ、野郎仲間で「神のご加護を《ゴッテス》」ゲームをしてたらさ、ヴラスタがちょっかい出してきて言うんだ、『ねぇ、雄牛さん、ちょっとはあたいの相手もしてよぉ！』て。だけどシュヴェツじいさんが札束を握らせるもんだからよ、わしはじいさんの隣でさ、ロスチャイルドか何かのような気分で座ってた、こんな栄誉に誰があずかれる？　だろ？　そしたらヴラスタのやつ、ブラウスを脱いじまって、わしの腰に腕を回して言うんだ。『ヨーロッパ・ルネッサンスのお話しようよ、聞いてる？』でもわしは札束を握りしめて、相手にしなかった、そしたらヴラスタのやつ、いきなりブラジャーのホックを外しやがるからさ、でんでんとビールジョッキみたいにおっぱいが飛び出した、わしは片方に頭をぶんなぐられ、もうひとつにつきとばされ、シュヴェツじいさんも倒されてテーブルクロスを引っぱがし、カードをやってた連中はさ、まとめてヴラスタのおっぱいにぶっ飛ばされた、わしらの上にあの娘が立ちはだかった、イエスが墓から起き上がった聖画みたいだったよ、わしらは絵の中の兵隊みたいに転がった……。ようやくヴラスタが仁王立ちのままおっぱいをブラジャーの中にしまいこんだら、シュヴェツじいさんがつぶやいた。『ホルスタインも、小屋に戻さんとな……』そしてマーテルを二杯言いつけて、わしに言った。『お前はわしの隣に座ってるんだぞ、カトリックの子、お前は幸運を運んでくれる……』」すると父さんが言った。「このロックナットを持っててくれ、でもそりゃあ、愉快だっただろ、なぁ？」「ああ」おじさんの顔が輝いた、「そうだな！」「そうかい」父さんはうんざりして言った、「だが今日は初めてオイルパンを開けるんだぞ、いいな？」「わかってる」おじさんは答えた、「じゃ、ハヴルダの店がとびきり愉快だってことは認めるんだな！　お前がヴラスタのこと知ってたらなぁ！　ホステスになる前はさ、劇団のヘアメイクだったんだ、劇団でも輝いててさ、フランツィン、かつら係だったんだ、でな、あるとき、化粧道具とつけひげの入ってる化粧箱を忘れちまったんだと、巡回公演中で、『ツィッド』だか『キッド』だかいうスペインの喜劇をやってたらしい……でさ、ヴラスタのやつ、あごひげと口ひげをどうやって間に合わせたと思う？」だけど父さんは、そっけなく言った。「ここから山場のひとつだぞ、もう一回下に潜ってオイルパンのネジを外すぞ！」そして腹ばいになってシュコダ車の下に潜りこんだけれど、おじさんの口は止まらない。「そしたらヴラスタてば、スカートをまくりあげてよ、ハサミを取って、あそこの毛をチョキチョキ刈っちゃったんだって、きれいにぜんぶ。それでも口ひげには足りないんで、ヘアメイクの見習いの子のまで半分刈ったんだとさ……そんでばんそうこうとかバンドエイドにくっつけたんだって、で、十人の騎士が舞台を歩き回って口ひげをひねりあげ、ヴラスタは団長から感謝状をもらったってわけ……」「おぇ、おぇ！」父さんがペッと唾を吐いた。「病気か毛ジラミでもうつされたらどうする。なぁ頼むから、集中してくれ、このねじを渡すから、ボードの上に置いてくれ、この最後の一本もな、そしたら俺がオイルパンを胸で支えるからよ、兄貴、車から出て、ひとっぱしりしてピクルスの空缶を取ってきてくれ、そこにオイルを入れるから」「わかってる」ペピンおじさんが言った、「例のかさのオイルだな」「どこのかさだ、かさ歯車はデフの中、そこは来週の土曜に見る、兄貴がその気なら明日の朝でもいい、かさ歯車とデフは後ろ、これはオイルパンだ、さっき言っただろ、そこのエンジンからオイルが落ちて、ポンプでまた吸い上げるんだよ、見えるか」「見える」おじさんは何も見えやしなかったけれど、そう答えた、「つまりオイルが上がってデスビに行くんだろ」「ばかやろう！」父さんが叫んだ、「ばかやろう、デスビじゃねぇ、地獄へ行け、ばかやろう！」そう吐き捨てると、オイルが父さんの胸にこぼれてきた。「おい、頼むから集中してくれ、オイルパンを俺の胸に下ろすぞ」するとおじさんはさも嬉しそうに叫んだ。「そりゃいい。カルーソー〔二〇世紀初めのイタリア出身のテノール歌手〕だって声がよくなるっていうんで、胸の上に本を載せてたんだぜ。で、ほんとうに御しやすい牛車の牛みたいに歌った、しびれるよ、スイスの若い牝牛みたいな咽《のど》だった、けどよ、ヴラスタが言ってたんだが、バーの女の子も、芸術家の税金を払わなきゃなんないのかな？　文芸の税金もさ？　作家とか画家みたいに？」けれどももはやエンジンのことしか考えられなかった父さんは、いきりたってかすれ声で言った。「オイルパンを支えてくれ、あとねじは一本だ、両手でこういうふうに支えてくれ……」「わかってる」おじさんは言った、「キャブが落ちないようにな」「かんべんしてくれ、やめてくれ、キャブは上だろ……」「わかってる」、おじさんはさも心得てるといった調子で言った、「こりゃ、デスビにガソリンを流し込むカムだな」「なんのデスビだって？」父さんが弱々しく言った。「うん、大釜に火花をスパークさせるためのさ、シティー・バーの客が言ってたんだ、ヤルンカという名だったな、駅の見習いをしてるやつさ、ガイダ将軍張りにパリッと制服姿が決まってるやつ、で、やつがどうしたか。勤務中にうとうとしてたらさ、電信技士の女の子がやつのだいじなところをひっぱり出しちゃってよ、操車員がスタンプのインクをペタペタ塗りつけたんだと。で、ヤルンカは朝帰宅すると、制服も脱がないうちに、奥さんに最高の愛のあかしを示したくなった、奥さんもいいわ、と応じた、ところがヤルンカがバチスタ教授の本にある同衾、いや、共寝に励もうとして、だいじなところを出したとたん、それが紫色に塗ったくられてたもんだからよ、奥さんは仰天、勤務中になんたる豚のふるまい、いや、ハレンチなふるまい、と駅長のところへすっ飛んでった、で、早朝の事務所に飛び込んだら、駅長がつるっぱげになってさ、机にマネキンの顔を置いてかつらをかぶせ、始業に備えてかつらの毛をとかしてるとこだったからさ、奥さんは石けんを取って、洗濯板の上でヤルンカのだいじなとこをゴシゴシこするしかなかったんだけど、落ちなかったんで、トイレ掃除の酸を手に取った、そしたらヤルンカがまたぎゃーっとわめいて、だいじなところを出したまま、従業員宿舎を駅に走り抜け、また戻ってきたんで、みんなびっくり、ひとつには制服を着てて、ひとつにはだいじなとこが紫色で、ひとつにはぎゃーぎゃーわめいてたからで……」父さんが最後の一本のねじをはずすと、オイルパンがどすんと胸に尻もちをついて、父さんはわめいた、「耳元でわめくな、でなきゃおれもわめくぞ、出てってつっかえ棒を取ってきて、オイルパンの下に入れてくれ、重くてかなわん」ペピンおじさんは腹ばいになって勧めた。「歌うといい、弟よ、ヤーラ・ポスピーシル〔二〇世紀前半からチェコで活躍したテノール歌手〕みたく、テノールはトレーニングしなきゃ、トレーナーについてトレーニングしなきゃ……」おじさんはぶつぶつ言いながら這い出したけれど、まだ腰をあげずに、また何か考え込むと、のぞきこんで質問した。「協会に支払いに行った方がよくないか?」だけど父さんはどなり返した。「どこにも行くな、つっかえ棒を取ってこい、もう目にこぼれてきた!」「何がこぼれたって?」おじさんは聞いた。「オイルだよ! 目に入った!」するとおじさんは首をかしげた。「オイル? 目? けどしまいまで話しちゃうとさぁ、その遮断機の上げ下げをやってたヤルンカはな、アカデミーにレポートも書いたんだぜ、そいつだけでなく、車掌や駅長もちゃんと見たことなんだ、スズメの一行がよく空《から》の車両にただ乗りしやがって、遠足に出かけてたんだと、南ボヘミアとか、ボフダネチ温泉に行ったりして、一度なんて、ただシュテフィ、いや、聖シュテファン大聖堂からウィーンを眺めてみたいからって、コストムラティからウィーンまで行っちゃったんだと、外出許可も取らずにだぜ、帰りはまた空《から》の車両でヴルショヴィツェに戻ってきて、牛乳の貨物に乗り換えてよ、コストムラティに戻ったんだ、プラハに寄り道してお城だけ見物してな、……けどよぉ、じきに閉まっちまう。洗濯物を取りに行った方がよくないか?」父さんはもう支え切れずにオイルパンのオイルを半分ほどこぼしてしまい、最後の力をふりしぼってオイルパンをそろそろとわきにどけようとしたけれども力尽き、まるで崩落事故をおこした鉱山から脱出するみたいに、這い出てこなくちゃならなかった、父さんとオイルパンは、バターを挟んだパンみたいにくっついていたから……そうして油まみれになってお天道様の下に這い出てくると、後ろを向いて、そおっとそおっとオイルパンを引きずり出し、そしてひじに抱きかかえて立ちあがると、まるでベッドに赤ん坊を寝かしつけるみたいにオイルパンを優しく古い蜂蜜分離器に抱き下ろした。「こいつがオイルパンってわけか」むっとしている父さんを見て、ペピンおじさんは嬉しそうに言った。「これがオイルパンだ」父さんは気を取り直し、「さぁ、今度はいっしょに見に来い、下から見るとどんなにきれいだか!」そしてひざをつき、後についてシュコダの車体の下に入ってこいと誘った。「牛乳とパンを買いに行ったほうがよくないか?」おじさんはぶるっと体を震わせた。「またうちで一緒に食うんだろうが」父さんはそう言って、オイルがたまった中をひじを使って進み、ペピンおじさんも後に続いた、そして二人して仰向けになってオイルの中に寝転ぶと、父さんはねじ回しで示しながら、自分たちの上の車軸やジョイントにかかっている部品の名前を、小声で熱心に呪文を唱えるように挙げていった、あちこちからオイルの油っぽい涙がしたたり落ちてきて顔にかかったけれど、父さんはえんえんと話し、教え、ペピンおじさんは、黄金の時に思いを募らせた、にわとりのひき割りトウモロコシとじゃがいもを横取りしていたのはつい昨日のことなのになぁ。そしてこの時分はもう、水兵帽をかぶって美しい娘さんの元へ向かっているころで、その道すがらだって小さな町の窓が開き、門が開き、人々が飛び出してきて、おじさんはハンス・アルバースみたいに挨拶していたんだ。

そのとき、シュコダ430のわきにひざ丈の白いズボンが現れて立ち止まり、つぎを当てた靴が何度か行ったり来たりすると、白いリゾート服の人物がかがみこんだ。肉屋のブリーテクさんだ、もう湯治場にいるような恰好で、赤ら顔に「お茶」の臭いをぷんぷんさせている、ブリーテクさんはラム酒をお茶と呼んでいた、もう仕事上がりなんだろうけど、屠畜場では、そんなことはどうでもいいことだった、毎週、ハンガリーの子豚を乗せた車両が二両やってくると、ブリーテクさんは、見習いと二人で車両に細い橋げたをかけ、二人してナイフを握りしめて橋の両側に立つ、そして子豚がお天道様の下に走り出てくると、子豚ののどをぐさっとやるんだ、すると子豚はぜいぜいあえぎながら、倒れるまで血だまりの中をぐるぐる駆け回る、最後の一頭がもたもたと出てくると、そいつののどもかき切る、ブリーテクさんの話では、こうして駆け回らないとしっかり血を抜くことができないらしい。またこのブリーテクさん、そんじょそこらの肉屋じゃなくて、大きな豚にも自分から飛びかかっていく、二百キロの豚に身ひとつで、ナイフ一本で。そして戦うんだ、豚にその気があろうとなかろうと、勝負するんだ、そしてこの豚つぶし《ザビヤチカ》の行事で豚を組み伏せると、豚ののどにナイフを突き立て、死にぎわのけいれんも押さえ通す。なんであれねじ伏せてみせる肉屋さんだったけれど、かみさんにだけは手を焼いていた、おかみさんは家、つまり店にはちゃんといるのだけれど、酒好きで、酔っ払うとよく裸になってしまい、何をしているのかわからなくなるんだ、で、そうなるとご近所さんたちがおかみさんに水をぶっかけ、それでもしゃんとしないと肥やしをぶっかけるのだった。ブリーテクさんは、腰をかがめて父さんに頼んだ。「支配人さん、もう手がつけられないんでさ、この通りです、うちに寄って女房に言い聞かせてやってくれませんか、酒をやめろって、わかるでしょう?」情けない声でブリーテクさんは言った。「あたしゃ、ホシュチカ温泉で元気をとりもどしてきます。回廊でも散歩してきますわ、晩も留守にしますんで、お願いですから女房と話をつけてくださいよ……」そして葉巻に火をつけると、つらそうにゆっくりと腰を上げた。この年頃の肉屋がおしなべてそうであるように、足が痛むんだ。そしてきょろきょろと見渡した、父さんは亀が甲羅から首を出すみたいにシュコダの下から顔だけ出し、隣にペピンおじさんも這いだしてきた、ブリーテクさんはきょろきょろすると、父さんが止める間もなく、オイルが入ったオイルパンに腰を下ろし、満足気にくつろいで白いズボンの足を組み、葉巻に火をつけ、父さんの顔をのぞいてせっついた。「友達でしょ、あのオリオンの二日かかる分解に二回も付き合ったじゃないですか、女房はお宅のせいで酒を覚えたんだ、あの二日間、女房はどこかであたしがフェルブル〔トランプのゲーム〕をやってるか、二日間も女のところにしけこんでると思ってたんですからね、分解を手伝ってただけなのに……あいつが酒に手を出すようになったのは、お宅のせいでもあるんです、話さえしてやってくれれば、あいつはインテリのいうことは聞きますからね、そしたらこの車の分解だって手伝いますよ……」父さんは、問いかけるような肉屋の顔を見、ズボンにオイルが染みちゃっているというのに、まるでソファに座るようにくつろいだポーズでオイルパンに座り続けているのを見、しかもあつらえたようにすっぽりはまっているのを見て、言った。「ご安心なさい、あなたはいい方だ、約束します、寄ってみますよ、一肌脱ぎましょう……」そしてまた車の下に引っ込むと、おじさんも引っ込んだ、車の下でオイルの海に浸かっていた方がましだった、そして二人は屋根のひさしの下か、目深《まぶか》にかぶった帽子の下からそっとうかがうように、薄暗い中から、ブリーテクさんがお尻に手をやって、まっ黒けになった手のひらを目の前に持っていくのを見守った、ブリーテクさんはおそるおそる立ち上がると、お尻の布をつまんで体からひっぱがし、片足で立って、もう片方の足をふった、それからふりむいて腰をかがめると、両手をオイルパンの中に浸し、結婚指輪がオイルに覆われていくのを眺めた。ペピンおじさんが口を開く。

「いつだったかな、列車でブルックからべっぴんさんと隣になってさ、わしがじっと目を見つめてたら、もじもじしちゃって小説を読みだした、まっかな顔をしてさ、向かいには大佐が座っていて、プラハドイツ語新聞を広げていた、そしたらさ、上の棚から、三つ編みみたいな、水みたいな、黄金の蛇みたいなのがゆっくり垂れてくるじゃないか、蛇は大佐の肩章の上に降りてきたけど、きっと大佐は笑い話か何かを読んでたんだな、にやにや笑ってた、すると蛇はどんどんとぐろを巻いた、よくよく見ると蜂蜜さ、女の子の荷物が倒れてこぼれてきちゃったんだ、女の子はそれを見たとたん、コートにくるまって、たぬき寝入りを決め込んだ……すると大佐が何気なしに肩を掻いて、その指が止まって飛び上がった、車掌もかけつけてきて、しまいには、ほかの二人の民間人も蜂蜜まみれになっちゃってさ、わしなんか、家に着いてもまだ髪に蜂蜜がくっついてた、軍隊から休みをもらって故郷《くに》に帰る途中のことさ……」

ブリーテクさんはくるりとこちらに向きなおると、シュコダ430の上にこぶしをふりあげて叫んだ。「ハルマゲドン！　ハルマゲドン！」そしてホシュチカ温泉行きの列車に乗り遅れないように、麦芽製造所の角を向こうに消えた、さっき言っていたとおり、散歩、そう、散歩に行くんだ、やはり肉屋さんである親友に会いに。ふたりは説教師組合の組合員だった、かつて、泣き叫ぶ豚を切り刻んでいたら、ブリーテクさんは豚のぜいぜいという音の中に神の声を聞いたんだ、で、豚の血で塗油された。以来、ブリーテクさんは巡回説教を始め、アメリカからプログラムと冊子が送られてくると、神の言葉『神の使い』を説教するようになった、ブリーテクさんの任務は最終戦争、ハルマゲドンが迫っていることを説教することだった、肉屋仲間は笑ったけれど、ブリーテクさんは屠畜場から帰宅すると、最終戦争について説教した、そして土曜ごとにせっせとホシュチカ温泉に通い、この親友と説教の稽古をした。ところが一週間前にアメリカから蓄音機とレコードが届いたら、チェコ語で神様のメッセージが吹きこまれていたもんだから、蓄音機のぜんまいを巻いてレコードをかけるだけで、迫りくる最終戦争、ハルマゲドンへの備えを呼びかける声が流れ出すようになった……そこでふだん自転車に乗っているブリーテクさんは、後ろの荷台を補強して蓄音機をくくりつけ、晩になると、村や町外れの居酒屋を回り、蓄音機から流れてくる訓練された声でハルマゲドンを呼びかけるようになった。

少しして父さんとペピンおじさんは、町外れにある肉屋の前に立った、新聞をピンで留めて傘にしたランプの明かりの中に、肉屋のおかみさんのブリートコヴァーさんが座っている、ト唇をかみ、それから舌を突き出して鼻のてっぺんをなめようとしている。やがてあきらめると立ち上がり、数珠つなぎの長いソーセージを取って、お祈りのときにロザリオの数珠を数えるように、ソーセージの数を数え出した。数え終わると、何か考え込み、さらにもっと集中した顔でまた数え出した、ところが真ん中辺りで数え間違えたらしく、ソーセージを投げ出すと、ナイフを取って、肉切り台の丸太から、小骨の破片とこびりついた脂をていねいにそぎ落とした。かと思ったら座っておもむろにのど飴《あめ》の紙をむき、ぼんやりと物思いにふけりながら包み紙を口に放り込み、飴をくずカゴに捨てた、そして壁を手でまさぐってドアノブを探し、ようやく探り当ててドアを開けると、台所に行って蓄音機を持ってきて、ぜんまいを巻いて針を乗せた、だけどうまく鳴らなかった、音は鳴っているものの、調子っぱずれだった。そこで肉切り斧を取って、蓄音器の脇を最初はそっと、次にどんと叩くと、針がぽんと飛んで、すぐさま音楽が、讃美歌の「聖なる愛の天使は、聖なる星の蒼い影の中で燃え……」が流れ出した。するとそこに石けんの匂いをさせて、水兵帽をかぶったペピンおじさんが入ってきて挨拶した、肉屋のおかみさんはぱあっと笑顔を浮かべ、パンと両手を合わせて声を上げた。「マエストロったら、まるで呼んだみたいに来て下さるのね。踊りましょうか、お芝居しましょうか」ペピンおじさんは蓄音機を指さして言った。「これ、教会のお祈りの時間みたいじゃないですか。もうちょっとテンポを上げましょうよ」そう言ってフタを持ち上げ、速度レバーを動かした、するとほんとうに、愛の天使が、星の聖なる輝きを浴びて、ポルカのリズムで回り始めた。するとおかみさんはおじさんの両肩に手を伸ばし、おじさんはおかみさんの脂まみれの手を取ってキスをして踊り出した、おかみさんの体が動くたびに、豚の内臓やら牛の肉やらがおじさんにくっつくので、水兵帽が汚れないように気をつけながら。やがておかみさんは弾んだ息を整えると、手のひらでおでこの汗をぬぐった。そしておじさんを残して台所に消え、戻ってくると、すっぱだかになって店の戸口のところに立った。髪だけ大きなスカーフで束ねて。そこに父さんが小さなブリーフケースを下げて入ってきて、ていねいに後ろ手でドアを閉め、ブリートコヴァーさんに頭を下げて言った。「スプルニー司祭さまの使いで参りました」そしておかみさんの裸の姿を目にしたとたん、おろおろし出した。父さんは蓄音機のフタを持ち上げて速度を落とし、再び針を置いた、すると、床のタイルや壁のタイルから、お店の中に《聖なる愛の天使が燃える……》と歌う聖堂の聖歌隊の声がゆらゆらと流れ出した。「お二人ともどうぞ中へ」おかみさんが招き入れ、「どうぞ、どうぞ」とうなずいてみせて、自分も腰かけた。「エプロンをしたらどうですか」と父さんが勧めた。「いやだわ、暑いんですもの、あなたがたもすっぽんぽんになったらどう、どうぞお気を楽にしてくださいね」おかみさんはそう言って、手をひざの上に置いた。「何を持っていらしたの」おかみさんが不審げに尋ねた。「あのですね、奥さん、教会は暴食よりも酔っぱらうことにより反対しておりましてね、司祭さまが……」「司祭さまがなによ！」おかみさんが手をふり上げて叫んだ。「あの方、毎日ヴェルモットを十六杯も召しあがるのよ、それでべろんべろんになって、グレートデーンか肉屋のトラーヴニーチェクさんに司祭館まで送り届けてもらうんだから」「おっしゃるとおりです」父さんは言った、「でも午前零時の鐘が鳴る一分前には飲みほして、それから朝のミサまでは一滴も口にしません、だけど奥さんは、ごらんのとおり、強いお酒を召しあがっているじゃないですか、みっともないですよ、なんでそんなに飲まれるんです？」父さんはそう言うと、持ってきたブリーフケースを開け、高周波のプラグをコンセントに差し込んだ、それから立ちあがって電気を消し、店を閉めに行き、そして台所に戻ってくると、すみれ色の空気が香り、スーと音をたてた、父さんは、てんかんと月経異常のための陽極をセットすると、このすみれ色のスーと音を立てる、空洞ガラスの青く煙ったプレートを自分のおでこに近づけ、それから高く持ち上げてペピンのおでこにつけ、頬伝いにおろし、顔周りに動かした、それからブリートコヴァー夫人のおでこに近づけると、スカーフと髪がぱちぱちと鳴って小さな火花を散らし、スーと音をたて、父さんがおかみさんの肩に触れると、おじさんがうっとりとした声でささやいた。「これ、今度べっぴんさんたちのとこに行くときさ、ぜったい貸してくれよな、きっとオイルをおもらししちゃうぞ」「貸すもんかい」父さんはそう言うと、魔術師か催眠術師みたいに、肉屋のおかみさんの胸の周り、心臓のあたりにすみれ色の雲と香りをたなびかせた、するとおかみさんの胸が、怒りではなくよろこびと驚きでふくらんだ。「お酒を断つならこんなふうに」父さんがそっとささやく、「こんなふうに毎週土曜日、電気マッサージをしてあげますよ……」するとおかみさんが立ち上がり、うなじの位置のスカーフの先を引っ張った、スカーフがずり落ちて、長い赤毛が地面すれすれにぱらりと広がる、それを見たフランツィンの手の中で器具が小刻みに震え始めた……フランツィンは器具をおかみさんにあずけると、肉屋のエプロンを取って裸のおかみさんにかぶせ、白いひもを結んでやり、おかみさんは髪の毛もまとっていたから、髪を持ち上げて身体の上に巻きつけてやった、バスローブみたいに……そしておかみさんを椅子に座らせ、ネオンのくしをセットして、ぼさぼさに乱れた時代遅れの髪をとかしてやった、おかみさんは頭を垂れて目を閉じた、くしが愛のさえずりのような音と、紫外線の可愛らしいさえずり音をたてる……「アルコールはどこにおいてあるんです?」父さんはそっとおかみさんの耳元にささやいた。おかみさんは胸元から鍵を取り出すと父さんに渡し、父さんはおかみさんに嵐とすみれの香りがする器具を持っていてもらうと、食器棚を示した。「ここ?」おかみさんが首をふる。「ここ? ここじゃない。じゃあ、ここ?」父さんがひざをついて鍵を回し、棚を開けると、そこには小さな棚にタイム、マジョラム、胡椒《こしょう》、パプリカの瓶が並んでいた……「ここ?」父さんが瓶をどけると、後ろに瓶が三本あり、ひとつはヌンツィウス酒、もうひとつはサガヴィル酒、三つ目はグリオット酒〔いずれもプラハ近郊の町、ヌィンブルクのヴァントフ社の銘柄〕だった。父さんは瓶をテーブルの上に取り出して、言った。「酔っ払うのは罪です、いいですか、味見するくらいならね、ぜんぜんかまわないんです」するとおかみさんは父さんに器具を返し、グラスを持ってきた。「ああ、あなたはだめ。もうぜったいにだめです!」父さんは眉をひそめてそう言ったけれども、またおかみさんの髪にコロリとやられてしまった、かつての母さんのような髪、父さんに断りもせずに切ってしまった髪に。「ここに置いてくれ」ペピンおじさんが言った、「味見したいから。ホルプのだんなだって、パンを届けると、おすそ分けしてくれたもんだ」そしてグラスにヌンツィウス酒を注いで、父さんと一緒に味わい、これはいかにも胃を丈夫にし、肝臓と消化機能のいかなる不調にも効きそうだわいと感じた。「毎週土曜日に治療に来て下さるとおっしゃるの？」肉屋のおかみさんが声を震わせて言った。「ええ、毎週ね、ぼくはあなたに新しい人生をもたらす小羊なのです」と父さんは言った、「治療そのものは簡単です、くしで髪をとかすだけですよ」そう言うと、こらえきれなくなり、おかみさんの髪の毛を手に取って、香りをかいだ、それは忘れもしない香り、子どものころ、母親のエプロンの中に隠れてかいだのと同じ香りだった……。今になってこんなところ、酔っ払いの肉屋のおかみさんに、もう八年も遠ざかっていたもの、ボヂャ・チェルヴィンカの床屋から、妻がクリスマスの編みこみパンか四キロのワイン・ソーセージみたいに自転車の後ろの荷台にぶらさげて持ってきた髪の毛の香りを見つけたのだった。するとペピンおじさんが言った。「うん、こいつはヴラスタの好きなやつだ、よく言われたよ、あんたも飲みなさいよ、ほら、まともなものを胃に入れなきゃって……」すると肉屋のおかみさんはふり向いて、感謝に満ちたまなざしで父さんを見上げ、そして抑えきれなくなって、まだきらきら光るくしを握っていた父さんの手の甲をなでた。「でもね」柔らかい声で言った、「あなたがたには、サガヴィルのほう、この民族衣装の男がラベルになってる瓶のほうがよくてよ。このヌンツィウスはね、味も、フランシスコ会の修道衣みたいに油断がならないの。癒してくれるように見えて、まぁ、それを言ったら薬はどれもそうだけど、ちょっと飲みすぎちゃうと、おだぶつってわけ。うそじゃないわ、知ってるんだから、私。じゃ、サガヴィルは？　こっちは天体の虹を丸飲みしたような、すばらしく明るい黄緑色で、風味はピリッとして、最高級のデザートワインの味に似た高いトーン、それにタイム、ミント、ルリハコベの牧草地にじゅんぐりにしゃがんでいた羊飼いの洗いざらしのスカートに似た低いトーンをしているの」そこで父さんとおじさんは注ごうとしたけれど、おかみさんがたしなめた。「二人とも、野蛮人ね！」そして立ちあがると、丁寧に体を髪の毛で隠し、向こうに行ってバケツでグラスをすすいできて酒を注ぎ、そして父さんの手からそっとくしを取りあげて、その輝きをグラス、ついで瓶に近づけた、液体がきらきらきらめき、飲んでと誘った。二人は味見すると、飲み干した、やがて静かになり、蠅だけが店の中でジジジと音をたて、狂ったように窓になんどもぶつかった。蓄音機の音楽が止み、父さんはグラスを手にしたまま店に行ったけれど、蓄音機でなく古いレジのハンドルを回してしまい、レジがチンと音を立てて開いた。そしてやっと蓄音機を探り当てると、ぜんまいを巻いて針を置いた、聖歌隊がまた《聖なる愛の大使が燃える、聖なる星の青い影の中で……》と歌い出し、速度レバーを動かすと、教会音楽が軽やかなギャロップに変わった……。父さんは戻ってくると、もう一杯飲んだ、肉屋のおかみさんは椅子にもたれかかっている、髪の毛が肩から落ち、おかみさんは何かに打たれたみたいだった、背もたれから髪の毛が流れ落ちるように床に広がっている。それから父さんはもう一杯口をつけて飲み干すと、おかみさんが父さんの手の甲をなでて、信じられないほど優しく言った。「こんなの、だめ」そしてもうふらついたりせず、あのネオンのくしで聖らかにされたみたいに、誇らしげに堂々と店に入っていくと、蓄音機に手を伸ばして速度を落とした、いかにも聖堂で流れるような音楽になり、まるでロマネスク様式の礼拝堂のように肉屋の店内をおごそかに流れた。おかみさんは椅子に座るとまたもや父さんに触れ、父さんはおかみさんの髪に顔をうずめた、もう抑えられなかった、何年も我慢してきたんだ、八年ものあいだ、女の人の長い髪をかぐことなんかできなかった、父さんは顔をうずめ、軽く髪の束を手に取って口に持っていった、まぎれもなくその味がした、おかみさんは震えている男の人の唇を感じて自分から押し付けた、やけに力が入って大きな声が出てしまった、八年、それ以上も声をあげたことなどなかった、たとえ男の人の唇が触れたところで、もう何年も感じたことなどなかった、もう二度とない、そう思っていた、もう二度と聖女になるなんて、今の自分以上になることなんてないと思っていたのに……。「ちょっと、あなたたち」父さんが立ちあがり、もう失礼しなければと告げると、おかみさんが言った、「三度目の正直と言うじゃない、このグリオット酒、これはね、ヨーロッパのどの家庭にも常備してある飲み物よ、雄鶏のマークが入っている世界中のどのレストラン、世界的などんなレストランにもグリオット酒は置いてあるわ、ヴァントフさんがこのお酒のために六百本も桜の木を植えているの、作り方は秘密、これはベッヘルのべヘロフカとか、イエリーネクとかガルグラークのプラム酒とか、ピルゼンビールみたいに名高い飲み物なのよ。口に持っていくと、さいしょはビター・アーモンドの香りを思い出させるトーン」父さんはおかみさんの髪をかいで、繰り返した。「そうです、ビター・アーモンドの香りだ」おかみさんは続けた。「そう、ビター・アーモンドの香り、グリオット酒の二つ目のトーンは、熟したサクランボ、七月のパンパンにはちきれそうなサクランボの高いトーン、三つ目のトーンは夏の稲妻の残り香なの、菩提樹をまっぷたつに裂き、葉っぱが一斉に逆立ったときの……ねぇ、こんなふるまいをしてごめんなさいね、わたし、リセも出たのよ、はじまりは上々だったのに、こんなざまで終わるなんてね……」おかみさんはうなだれ、その肩を父さんがつかんで顔を上げさせると、言った。「似合わないなぁ。あなたはいい方だよ、きっとよくなるよ、ただこの高周波療法は受けなきゃいけないよ……」父さんはサガヴィル酒とヌンツィウス酒の混じった香りをぷんぷんさせてささやいた、「必ずぼくからね……」するとおかみさんは真剣な顔でうなずいた。「ええ、必ずあなたから」そして長らく半分閉じかけていた目を開けた、もう何年もまともに目を開けたことはなかった、茂みからのぞく獣みたいに、動物みたいに、逃亡者みたいに世界を眺めてきたんだ……その目が開き、父さんの目を見つめ、父さんはきらめくくしを持ち上げておかみさんの目を照らした、美しい目に、小さな炎がたくさん点《とも》っている、こんな瞳は妻でさえ見せたことがない、はるか昔に母親が見せたことがあるだけだった。父さんがグラスにグリオット酒を注ぐと、おかみさんはすっくと立ち上がって優しく父さんの手をつかみ、言った。「野蛮人ね……」そしてグラスを棚に戻し、新しいグラスを取り出してきて、グリオット酒、重い、シロップのような、暗い情熱のリキュールを注いだ。父さんが言った。「ぼくらと乾杯してくれませんか。いっぱいいくらいなら、かまやしないでしょう……」だけどおかみさんは首をふった。「これより強いリキュールをもうじゅうぶん頂いたから」父さんが尋ねた。「これよりずっと強いやつですね?」父さんは少しすすってから、うなずいてみせた。「ずっと、ずっと、何よりも強いものよ」

ペピンおじさんはただ黙って手酌で飲みながら、おかみさんと弟が見つめ合っているのを見ていた、父さんは飲み続け、肉屋のおかみさんは甘いため息をもらし、別れのときがくると、おかみさんは甘ったるく泣きくずれた。父さんは、釘につるされた牛のばかでかい肺や心臓に囲まれたお店で、来週もここに来て酒ぐせの治療をする約束を、おかみさんに取り付けた。兄弟が店を出て角を折れると、一陣の風がさっと吹き付け、二人は足元からよろめいた。父さんは街灯の下でひざから折れると、だしぬけにうぉーっと雄たけびをあげた、喜びの雄たけび、人の声というよりごったに入り混じった喜びの吠え声、喜びが基本のトーンだった。ペピンおじさんは橋のところまで戻り、町に戻ると、おまわりさんのホロウベクさんをつかまえた、おまわりさんはちょうどジプシー女亭から出てきたところで、ヘルメットを脱いでいた、仲買人たちに上からぼこぼこに叩かれたんだ、ホロウベクさんをジプシー女亭にやったのはプロハースカ署長だった、ジプシー女亭でけんかが始まりそうなのを見かけた署長は、さっさと逃げだしてきて、最初に出会った警官にこう言ったわけ。「ホロウベク君、何も聞こえんかね、どうも虫の知らせがする、ジプシー女亭でひと騒ぎ起きるのでは……」だけどホロウベクさんがかけつけたときはもう手遅れで、ホロウベクさんは扉にヘルメットごと挟まれて、上から棒でぼこぼこに叩かれた、そのせいで耳の奥がじんじんしていた。

「ホロウベクさん」ペピンおじさんが言った、「あそこに酔っ払いがひとりひっくり返ってわめいています、あそこに行って、罰金を課しておやりなさい、ったくうるさいったら」そこで父さん、へべれけになった父さんは、大男のホロウベクさんが醸造所まで送り届け、ペピンおじさんはアタッシェケースを抱えてバーの美女たちの元へ急いだ、本にあったとおり、女の子たちに放射線を試して、月のものが止まったのを治してあげるために。

7

戦争のまっただなかだった、逮捕された人にブリーテクさんも加わり、ゲシュタポはブリーテクさんの蓄音機まで逮捕した。ゲシュタポが自転車ごと車に積みこむと、ブリーテクさんは幸せに顔を輝かせ、声を上げた。「ハルマゲドン！　ハルマゲドン！」でもそれから殴り倒され、町の人は思い起こした、そういや、この肉屋はもう何年も前から、最終戦争の火の手が上がった、ハルマゲドン、と言ってたな、自分たちもおもしろがって、この人が自転車で通りかかると、「ハルマゲドン！」て背中に向かって呼びかけたんだ、そしたら肉屋は、ただうんうんと頭をふって「ハルマゲドン、ハルマゲドン」と、別の意味でくり返したものだった。そして醸造所にも軍事委員会がやってきて、麦芽製造所を没収する、麦芽は別のところで買うように、麦芽製造所には軍需物資工場がやってくる、と命令していった、けれども軍需物資工場はやってこなくて、ただ技師のフリードリヒさんというウィーンっ子が従業員部屋に寝泊まりするようになっただけだった、フリードリヒさんはいちにちじゅう麦芽製造所のどこにどの機械を置こうかと図面を引き、晩になると町に出かけていってジョフィーンの店に寄り、カタコトのチェコ語でお嬢さんたちとおしゃべりした、だけどあの完璧にドイツ語ができたお嬢さん、ヴラスタは、ドイツ人たちがこの時の止まった小さな町にやってきてからこちら、がんとしてチェコ語しか話さなくなった。このフリードリヒさんは、お偉方と連れだって醸造所を見て回るとき、職人のひとりひとりに丁寧にあいさつしたけれど、職人たちはフリードリヒさんなんかいないかのよう、目に映っていないかのように眺め、返事もしなかった、それでもフリードリヒさんはしぶとく何度も何度もあいさつした。辺りがうす暗くなると灯火管制のカーテンが引かれ、夜になると街灯も消えるようになった、けれどもペピンおじさんは相変わらず行きつけの飲み屋をほっつき歩き、相変わらずきれいなお嬢さんたちに花を欠かさずに持っていき、相変わらず白い水兵帽をかぶっていた、で、明かりがもれないようにカーテンを引いたジョフィーンの店の扉を開けると、大声をあげた。「なあにしけた面《つら》して椅子にへばりついてるんだい！　景気いい音楽をかけてくれよ！」で、マルタにしおれたバラを差し出し、マルタが匂いをかぐと、「これは、君だけに」そう言って、ブラックコーヒーをたのんだ。「まぁ、マエストロ、今日はまたずいぶんめかしこんでるじゃないの！」ボビンカが言った。そして「プロポーズでもするのかしら？」そうさぐるように言うと、手のひらでおじさんのふくらはぎをなで回し、おじさんがすててこを三枚も重ねて、その上にスウェットパンツをはいているのを確かめた。「アリがはってるみたいじゃない?」マルタが言った、「もう、ボビンカてば、やめてよ、あたいのお客さんよ、ねぇ?」するとおじさんは指を組み直したけれど、ホールにはどこかのおじいさんが入ってきた、毛皮帽みたいなくるくるの毛の頭をして、包みを抱えている。おじいさんはいきなり入口で明るい声をあげた。「諸君、人生はすばらしい、いやぁ、まことにすばらしい、一杯諸君におごらせてくれ」で、すっとおじさんにくっついて座り、包みを破って中を見せた、中には明るい色の布と暗い色の布が入っていた、そして言った。「もうよく目は見えんがな、お宅が世間に明るいお人だってことはよう見える。どう思いなさる? これでどんな服を仕立ててもらえばよいかのう」ボビンカがトレイに大きなショットグラスを並べて持ってきて、みんなに配り、おじいさんは自分のグラスを持ち上げると言った。「乾杯! 戦争よ、終われ! わしは八十三だ、諸君、平和が待ち遠しい! だから平和のために服を二着新調したい。さあ、御仁、どんなのを仕立てたらよいかね?」ペピンおじさんが答えた。「この明るい布で、ポケットのたくさんついた運動着をこしらえて、それに森番の帽子を作ってカモシカの毛の房か、色鮮やかな羽根をおつけなさい、フランツ皇帝がランダウからイシュルにカモシカ狩りに出かけるときにかぶってたようなのをね」「皇帝ってあんたみたいに、いい男だったんでしょ、ねぇ?」そうボビンカが言った。「よせやい。わしもいい男だが、あのころ、民間人だけじゃなくて、世界中の王族の中でも一番いい男だったのが、フランツ皇帝さ、見事なつるっぱげで、ここにトラみたいなヒゲを生やし、ちびっこみたいにすばらしい鼻をしていた。格好よかったなぁ!」ボビンカはおじさんのまばらな髪の毛をなでて、感じ入ったように言った。「マエストロ、髪の毛ふさふさになったわねぇ、くしを入れても、地肌に届かないんじゃない? 油をつけなきゃ!」「かまわんでくれ」おじさんは手をふって、それからお嬢さんの手をかわそうとして、バランスを崩して椅子ごと背中から落っこちた、お嬢さんたちはおじさんを立たせ、服のほこりをはたくと、ズボンの股の部分を念入りに払ってやり、ボビンカがひざをついたまま目を上げて言った。「びびって電気が走っちゃった?」だけどペピンおじさんは、おじいさんの鼻の前に人さし指をかざして言った。「でですね、その白い服に青いシャツと、『ラ・パロマ』でハンス・アルバースがつけてたような白い水玉のネクタイを合わせてごらんなさい、この青い布は『九羽のカナリヤ飼い』でヤーリネク・ポスピーシルが着てたようなダブルジャケットに仕立て、それに白いシャツと青いネクタイ……」するとおじいさんが包みをテーブルの上にバンバン叩きつけ、それからテーブルクロスにつっぷして笑った。「諸君、幸せだなぁ、なんて幸せなんだろ、今日はぜーんぶわしのおごりだよ!」そこへおかみさんが包丁を持ったまま入ってきて、両手をもみ合わせると、ラジオのつまみを回した、すると重々しい声が流れてきた、ハイドリヒ帝国保護領総督が狙撃された、このため演劇、映画は一切禁止、舞踏会、祝典は一切禁止……。ペピンおじさんが飛び上がって叫んだ。「ちっきしょう、どういう決まりなんだ? わしらチェコ人はいつまでたってもなんでもだめなのかよ？　ちっきしょう！　一九二〇年にハンガリーの一部を占領したときもだめ、チェシーンの一部を占領したときも、ポーランドから取ったらだめ、このあいだだって、ドイツと戦おうとしたら、またダめ！　またイギリスとフランスだ！　ちっきしょう、公使め、わしを真夜中に起こしてみな、ドイツとやったらだめだなんてほざいてみやがれ、わしが大統領だったら、門番と召使に言ってやるぜ。公使どものケツを歩道までけっぽり返してやれ！ってな、で、周りを昔のオーストリアの下士官と曹長たちで固めて、わしが指揮して、ドイツをけちらしてやる！　で、今度はハイドリヒが殺されたから、ダンスもだめ？　おい、ボビンカ、景気いいのをかけろ！」ボビンカが「九羽のカナリヤ飼い」のレコードをかけると、おじさんはボビンカをダンスに引っ張り、おじいさんは、戦争が終わって平和が来たら着る服のために買った布地の包みを叩きつけた。くるくるの髪のおじいさんは、声を上げ続けた。「諸君、人生はすばらしい、もっと酒をふるまってくれ、わしは九十までここにいるぞ！　聞いとるかい？」で、ペピンおじさんはさっとボビンカと踊り、ボビンカを背中の上に引っぱり上げたかと思うと、高く放り上げて肩にかつぎ、ダンスステップでホールを回った、おかみさんは表の門に鍵をかけて手をもみ合わせ、おじいさんは叫んだ。「わしのおやじはな、足がない分、得したこともあった。施設で一番年よりだったからな、退役軍人の傷病兵施設を建てたストロッツィ伯の誕生日にはな、毎年おやじが胸像に花輪をかけたんだ！　諸君、幸せだなぁ！　兵隊たちが車いすのおやじを胸像の近くまで押してくれてな、花輪を持たせて立たせると、退役軍人と駐留軍の儀仗隊がずらりと並ぶ中を、胸像の前まで連れてってくれた！　歩兵のヴァラーシェクだけはおやじのことをねたんでた、でもしようがあるまい、おやじが九十二、ヴァラーシェクは九十だったんだから！　やつはおやじが花輪をかけると、ささやいた。『いいかげん、くたばりやがれ、この老いぼれが』で、毎日、このヴァフーシェクは朝になると、やっぱり車いすに乗って廊下に出てきてな、まぁ、そこの退役軍人はみんな車いすでさ、立って歩いてたのなんて幸運な一握りの人たちだったわけで、その人たちだってまあ両手がなかったんだが、それでそのヴァラーシェクはな、毎日見に来ると、おやじのベッドがある場所のドアを開け、こう聞きやがるんだ。『まだくたばってねぇのか？』するとおやじがベッドからこう返すのさ。『ヴァラーシェク、生きとるよ、百まで生きるぞ、あと十年はストロッツィ伯の像に花輪をかける。あんたこそ、そうやっていらいらしてくたばるがいい！』」そしておじいさんは立ち上がった。ふいに美しい、つやつやした顔をして、毛皮帽みたいに硬くてごわごわした毛が、古代ローマ軍のカブトの毛飾りみたいにゆれた。マルタがおじいさんの手を引いて子どものダンスの「黒い森に子ひつじを放した」を踊り出し、するとおじさんもボビンカを抱えて肩から下ろし、四人で「わたしは子ひつじにタンタンタン、子ひつじはトントントン」と踊り、手に手を取って、足を小刻みに動かすと、やがてまた蓄音機から「九羽のカナリヤ飼い」が流れてきた。すると廊下とつながるドアが開き、セントバーナードのデデクが入ってきた、デデクはダンスは大嫌いだったけれど、ペピンおじさんを押し倒すこともできないので、ただホールをうろうろして歯のない歯茎でしゃぶりつき、おじさんのズボンの下からはみ出ていたすててこもしゃぶろうとした、けれどもおじさんはひらりひらりと身をかわすので、とうとうふたりのお嬢さんもおじいさんもダンスを止めてしまい、相手はセントバーナードのデデクだけになってしまった、でもデデクはおじさんを倒そうとするだけなので、もうダンスじゃなくてよけてるだけだったけれど、それでもおじさんはフォックストロットのリズムで飛んだり跳ねたりするんで、マルタとボビンカのお嬢さんたちは手を叩き、涙を流してげらげら笑い、一方おじいさんはちょっと考え込むと、なんべんか布の包みをテーブルに叩きつけ、それからテーブルクロスの上につっぷして、笑いながら叫んだ。「諸君、人生はすばらしい！」すると、セントバーナードが入ってきたドアから、今度はそっと帝国の軍服姿のフリードリヒ技師が入ってきた、疲れているみたいだったけれど、急にいらいらし出し、椅子に座ってお客さんを見わたした。で、ボビンカがおじさんをつかまえて踊り出すと、こぶしでテーブルをドンと叩いて言った。「やめなさい！」ボビンカは座り、ペピンおじさんは軍人を指さして言った。「こいつか？」そして腰をおろして息を整えると、マルタがおじさんのおでこの汗をぬぐい、てのひらで髪の毛をかきあげてやった。「ラジオを聞いたのか？」フリードリヒさんが言った。「高貴なお方が倒されたというのに、ダンスか？」ボビンカが言った。「ハンジ、いいこと、妙なまねをしたら、こんりんざい絶交よ」だけどフリードリヒさんは黙らなかった。「ドイツ帝国は君らのためにも戦ってるんだぞ」ボビンカが言った。「でもあたいたちはドイツ人じゃない。ハンジ、密告なんかしないでよ！」フリードリヒさんが立ち上がり、蓄音機のふたを持ちあげて音楽を止めた。ペピンおじさんが叫ぶ。「オーストリアの部隊が百個あったらなぁ。あーあ、あんたらを追い出せるのに。帝国騎士のフォン・ヴーヘラー男爵なら命令してくれるだろうなぁ。フォーアヴェルツ！　ベルリンへ《ナーハ・ベアリーン》、進め！　それでぱっぱと追っ払えるのになぁ！」ボビンカはフリードリヒさんの袖を引っ張って言った。「あの人、マエストロはね、皇帝の軍隊のことを言っているのよ、でしょ、ペピンさん？」けれどもペピンおじさんは大きな声で言った。「まさか。こいつらカギ十字のことさ、ベルリンに追い返してやるぜ、オーストリアの部隊が百個あったらなあ、カール大公が指揮してくれたらなあ！」そこでボビンカは話題を変えた。「ねぇ、マエストロ、もっと穏やかなお話しましょ、性教育のお話、若い女の子のためになるお話。バチスタ先生のご本では、何が一番大切なの？」するとおじさんはため息をつき、フリードリヒさんをちらりと見たけれど、ボビンカはおじさんをなでて、おじさんの目をじぶんの目に向けさせて頼んだ。「あとで新しい羽毛カバーを見せてあげるから、ね？」ペピンおじさんはふっと笑って言った。「そんなに面白いの？　じゃあ、まあ、いいかい、一番大切なのはね、しかるべく発育した性器だよ、睾丸とペニスだ」「そうこなくっちゃ」マルタが言って、満足そうに煙草の煙を吸いこんだ。おじさんは続けた。「ハブラーネクじいさんなんか、夫婦生活、いや、性の営みのことをなやんでさ、電車の下じきになろうとした、ばあさんがあの最中にリンゴを食うんだと、だからハブラーネクは眠り薬を飲んで、線路の上に大の字にねころんだ、ところがよ、朝になって目が覚めたら、脇を電車が通りぬけていくじゃないか、線路の工事中で、単線で走ってたのさ、だからハブラーネクじいさんは、ぺしゃんこにならなかった、バチスタ先生の本によれば、性行為は寝床で静かに、もくもくと励まねばならん、ばあさんは、しゃきしゃきリンゴの音なんかたてたらいかんのだよ……だがなぁ、オーストリアの部隊が百個あったらなぁ、こいつらを」ペピンおじさんはフリードリヒさんを指さした、「やっつける」。フリードリヒさんはリキュールをちびりちびりなめながら、足を組み直して言った。「むりだね」おじさんが叫ぶ。「やっつける」ボビンカが割って入った。「それであたいやマルタはどんなハズレくじを引くことがあるのかしら？　どんな？」ペピンおじさんが言った。「どんなってそんなやっかいごとや災難、珍しくもないだろうが？　新聞なんて、そんなニュースばかりじゃないか！　しかるべき男の一物は、陰茎と陰嚢、そして精巣と立派な精巣上体がなければならない、バチスタ先生の本によると、陰茎にはいわゆる包皮がなければならず、陰茎の先または端には亀頭があって、ちゃんと陰茎小帯もないといけない、で、重要なのが陰嚢だ、こっちは袋みたいなもんで、男の生殖腺が入ってる……。」マルタが息をついた。「甲状腺ていうものね……？」「何を若いカササギみたいなことを言ってる？　それはおっぱいの辺だ、今話してるのは、生殖腺とかバチスタ先生が俗に言ってるきんたまのことさ、この精巣にはさ、バチスタ先生の本に書いてある通りに触ってみれば、精巣上体があるのもわかる、でも中には精巣がないこともある、まぁあるっちゃあるんだが、鼠径部から上の腹腔の中か、鼠径管に止まっちゃってるんだ、いわゆる停留精巣さ」「なんですって」グラスにコーヒーを注いで持ってきたボビンカが目を丸くした。「停留精巣、いえ、停留たまたまってこと?」そしてホットチョコレートを注文したフリードリヒさんに笑ってみせた、フリードリヒさんは注文したついでに言った。「勝てないね!」ペピンおじさんが立ち上がり、フリードリヒさんに向けてひじをつきだした。「勝つ! やっつける! こんなドイツ人たち!」フリードリヒさんが頭をふって、言った。「勝てない!」そしたらマルタがペピンおじさんの前にひざまずいて、両手を合わせた。「それじゃ、まず端から確かめてっていいかしら」ペピンおじさんは叫び続けた。「確かめるがいい。ただし、気性の激しい若者でなくて、ホモだのオカマだのをつかまえたり、バチスタ先生の本の娘みたいに、ふたなりなんかつかまえちゃったら、笑いごとじゃすまないぞ、ゴトリシュという奴は、バチスタ先生の本によると、陰嚢に精巣が二つあるのに、ペニスじゃなくてクリトリス、いや、陰核がついてたそうだ、こんなのに当たってみろ、おいおい泣いちまうだろうなぁ……」ボビンカは、おじさんがフリードリヒさんに「やっつける!」と言い返そうとしているのを見て、おじさんの口を手のひらでふさぎ、優しく言った。「マエストロ、なんてきれいな点々をお耳につけてるの?」ぱあっとおじさんの顔がほころんだ。「ほんと? それ、ペンキだ、とある美女に柵のペンキ塗りをしてやったんだ、お礼にいかしたパンツをぬってくれた」。「寸法を取って作らせたのね、寸法を！　ああ、この浮気者！」マルタはものすごい剣幕で言うと、ホールを駆け回って、幸せそうに眠っていたおじいさんにつまづいた。おじいさんは布の包みを抱えたまま、床の上で寝入っていた。「そのパンツをぬってくれた美女とはどういう関係なのよ？」ボビンカが湯気の立ったホットチョコレートを運んできて、そう問いかけた。「どっちかにしてくれなきゃ、その娘《こ》か、あたいか、どっちもだめなのか」ボビンカがじだんだふんだ。「もしあたいがどうにかなっちゃったら、もしあたいがなんかしでかしたら、あんた！」ボビンカはおじさんがひるむほど、おじさんの胸に指を強くつきつけた。「あんたの責任よ！」「勝てっこない！」フリードリヒさんが、ちょっと考え込んでから言った。「たわごと言うな！　勝つさ、ばっちり勝つさ！」おじさんがどなり返したけれど、ボビンカがおじさんの目の前で指をふった、「ちょい待った、あんたが勝たなきゃなんないのはあたい、さあ、教えて、いつ式を挙げるの？」するとペピンおじさんはとろけそうな表情で、指を組み合わせて言った。「洋服ダンスを新しくしてからだなあ。それにあんたも医者にみてもらわんと、バチスタ先生の本に書いてあるからなあ、いい年こいて、いつまでもひとりものでいると、オナニーや自慰に走ることがあるらしいから……」「なにそれ？　あたいに難くせつけるつもりなの？」ボビンカが目をつりあげて両手をふりかざした。「れっきとした一物のかわりに指を使うとかさ、バチスタ先生の本によると、ビールびんとか、形の似たものを使って、代わりにいい気持ちになるんだと。この戦時下に豆をひいたコーヒーじゃなくて、パルドゥヴィツェのペロラとかカロ・フランツコフカ〔いずれも代用コーヒーの銘柄〕を飲むようなものだよ、だからな、嫁に行くのが一番いいんだ、そしたら発育した体という第一条件はクリアしてることになるからな……」「ほんと？」ボビンカがほおを染めた。「あら、よかったわね」マルタが言った。「そうだな、ただバチスタ先生の本によるとな、夫婦の営みをするときは、窓の下を電車が走っててもいけないし、鍛冶屋のかんかん叩く音がしててもいけない、気が散るからな」ペピンおじさんはこう説明して、幸せそうに顔を輝かせた。「勝てないな！」フリードリヒさんが言った。「なんだとお？」おじさんが食ってかかったけれど、ボビンカが言った。「やめてよ！　さあ、教えてちょうだい、あたいは飲み屋で学べるだけの、バカなガチョウですからね、しかるべき一物ってどんなものなのかしら」「どんなって、風呂に入る時、一物をまずバスタブに投げ入れてから、またいで湯に入らなきゃならん奴もいれば、小便するときに、ピンセットがいる奴もいる、でも肝心なのはな、性病をもらわんことだ、チフスとかコレラとか赤痢とかインフルエンザ……なにぃ？　勝つさぁ！」おじさんが席を立ってフリードリヒさんも立ちあがり、向かい合うと、お互いに相手の顔めがけて三十回もどなりつけた。勝つ！　勝てないね！　やっつける！　むりだね！　お嬢さんたちはあたふた動き回って、どなり続けるドイツ人とペピンおじさんを引き離し、口をふさごうとしたけれど、おじさんは必ずふり切って叫ぶのだった。「やっつける！」するととうとうフリードリヒさんがぶち切れて、指をつきあげて命令した。「君たちは、ハイドリヒ保護領総督閣下が卑怯にも狙撃され、襲撃されたというのに、ダンスなどしとった！　これ以上ひとっことでも言い返してみろ、君たちを密告する！　我々が勝つのだ！」ペピンおじさんはぐっと黙り、指をしきりに組み直して床の一点を見つめ、ボビンカは低くささやいた。「勝てっこないわ！」フリードリヒさんは代金をテーブルの上に放り投げると、席を立ち、ドアの鍵を開けて、闇の中に出ていった、遠ざかっていく背中に向かってボビンカが呼びかけた。「ハンジ、密告なんかしないでよ、いいこと、そしたら、絶交よ！」だけどフリードリヒさんは密告した、保護領総督が撃たれたお祝いに、おじさんがダンスをしたって。といってもゲシュタポにじゃなくて、父さんに。父さんは凍りついたけれど、フリードリヒさんは手をふって言った、このことは自分とジョフィーンの娘たちしか、知りませんよ、そこで父さんは計画をたくらみ、巡査部長のクロフンさんに打ち明けた、クロフンさんが醸造所にやってくると、その晩父さんはおじさんを事務所の会議室に呼びつけた、巡査部長さんは席についてろうそくを灯し、おじさんに生年月日、名前を尋ねた、それからペピンおじさんがダンスをして保護領総督の襲撃を支持したという通報があったことを告げ、尋問を行い、おじさんは答えた、そして供述調書を読み上げると、おじさんは指をせわしなく組み替え、とくにおまわりさんが、ドイツ人は無慈悲で家族もろとも引きずりこむから、この件で一番被害を受けるのは弟の方、ビール醸造所の支配人である、醸造所の所長に任命されるはずだったのに、このダンスのせいで昇進がふいになるだろうから、と言うと、うろたえた顔をした。すると巡査部長は、戦争でケガをしなかったかと聞いた。おじさんは、した、頭、頭の後ろをケガして長靴に一杯くらい血が出たと答えた。そしたらおまわりさんは、ケガをしたのなら、その頭の傷の後遺症のせいかもしれない、それで精神がおかしくなって、なにがなんだかわからずにただ踊っていたのかもしれない、そう言って、わざわざ調書に補足を書き足してくれることになった。一九一六年、軍隊が堂々とプシェムィシルに入った聖体の祝日に、おじさんは頭にケガをした、で、後遺症がまだ残っているので、医者に証明書を作ってもらうことを勧める、心身の状態がさんざんで、なにがなんだかわからんことをやってしまう、だからおじさんのやることに責任能力はないと。明日すぐにヴォイチェシェク先生のところに行きなさい、そしたら先生は、おじさんが心神喪失で、責任能力はない旨の診断書を書いてくれるだろう。そこでおじさんはあくる朝、父さんと一緒にすぐに診断書をもらいにいき、その晩、巡査部長に診断書を届けた、巡査部長は再び調書をおじさんの前で読み上げると、署名するように言い、さらにこう言った。「もっとも、もう二度と居酒屋やホステスのいる飲み屋で踊らないと約束して頂ければ、本官はこれを破棄いたします……」するとペピンおじさんの目に涙がわいた、父さんはおじさんの背中をぽんぽんと叩き、おじさんはおまわりさんに手を差し出した。おまわりさんは調書を手に取ると、半分にちぎってまた半分にちぎってそのまた半分にちぎって床にぱらぱらと落とし、会議室から出ていった。そして父さんは、紙きれがひとつでもどこかに行ってしまったり、関係ない人に見つかったりしないように、紙を残らずかき集めて元通りの形にし、ぜんぶ暖炉に放り込んで火をつけた、そしてきれいに灰になると、自転車で出ていって、醸造所の塀のそばでおまわりさんをつかまえて礼を言い、手に千コルナ札を握らせた、「ご迷惑をおかけしました」。「危ないところでしたな」巡査部長が言った、「ダンスひとつだって全員収容所送りだったかもしれませんぞ」というわけでフリードリヒさんはその後もボビンカに会いにジョフィーンの店に通い、ペピンおじさんとはちあわせすると、こりずに声が枯れるまでどなりあった、何をどうしていがみあっているのか、周りにはさっぱり見当がつかなかった。二人はいつまでもどなり続けた。「やっつける！」するとフリードリヒさんが「むりだね！」ペピンおじさんが「勝つ！」するとフリードリヒさんが「むりだね！」。そしてすれ違って遠ざかり、数字の4を鉛筆で書く場合みたいにだんだん声がはっきりしなくなっても、まだどなり合い続けた、自分の声の方が最後になって勝った気分になれるように……。だけどやがてフリードリヒさんは叫ぶのをやめた。戦線が動くと、麦芽製造所のそばの、張り出した屋根と二本のプラムの老いた木の間に居場所を見つけたんだ。そしていつも夕方か、早いときはもう昼過ぎからのこぎりを持ってそこに引きこもり、棒きれや枝を削ってかわいらしいベンチ、子どもサイズのベンチを作った。それから土、日を丸々つぶして机を作り、さらにのこぎりとポケットナイフを使って棒とか小枝とかからソファと椅子を作った、で、雨が降ると、屋根のひさしの下にすわりこみ、この枝でできた子ども部屋で本を読んだり作業をした、さらにはなんだか鳥かごみたいな、開け閉めもできるタンスも作ってコートとシャツをかけ、それから一月かけて揺り木馬を作り、はたまたシャンデリアまで作りあげ、フリードリヒさんが麦芽製造所で軍需物資を造るための器械がおいてある駐屯地や役所に出かけると、醸造所の人たちが見物に来るようになった、そして誰もがこの出来栄えに驚き、足を止めて感心し、首をひねった、どうしてこの人はこんなところでしゃかりきになっているんだ、どうして昼も夜もこんなのでひとりで遊んでるんだか……醸造所の職人たちは、このあまりにばかばかしい子ども部屋にぞっとしたけれど、ペピンおじさんは言った。「よく見てごらんてば、あのドイツ人はさ、ドイツ軍が連合国軍に見事にやられちゃうのがさ、苦い最期が近づいてるのを考えたくなくて、こんなことをしてるのさ」そしてさらにこうも言った、「あのじいさんもそろそろ二着の服を仕立てていい頃だな、平和が来るのもそう遠い先の話じゃないからな……」おじさんの言うとおりだった。フリードリヒさんはもうふさぎこんで、もう不安げな顔をして、もうすぐにどこかよそに行くことになると見通していた、でもよそでだって同じで、終わりが来たら、今自分がいるこの国ばかりか祖国も別の軍隊であふれ返り、そのしっぺ返しは、味方の軍隊が呼ばれもしないのに行った国々ではたらいたことに見合うものになるんだ……そしてフリードリヒさんは夜な夜な木馬に乗って揺れていたけれど、ある日、命令が下ってよその地に移された。父さんはさようならと声をかけたけれど、職人たちは、フリードリヒさんが残していったもの、枝や板で作った子ども部屋の透けた棚にかかっていたセーターや作業コート、靴を持っていくようにと父さんが勧めても、なにも持っていかず、フリードリヒさんが出ていくときも、透明人間かなんかみたいに誰も声をかけず、ペピンおじさんだけが叫んだ。「うちらが勝つ！　華々しく勝つぞ！」フリードリヒさんは小さなスーツケースひとつさげて駅に向かい、そっとつぶやいた。「君らの勝ちだ……」以来、フリードリヒさんの消息は知れなかった……。あくる日すぐに、桶屋が灯油タンクと水を入れたバケツを持ってきて、麦芽製造所の裏の子ども部屋、ソファ、籐《とう》の馬、タンス、上着、セーターに灯油をばらまき、火をつけた。小さな部屋が燃え、えんえんと燃えたけれど、最後の瞬間まで小さな部屋は炎にあらがい、立ち続け、燃えさかる炎のたてがみが木の棒に絡みつき、今一度あの部屋が、ただし炎の部屋が現れたように見えた、けれどもついに肘かけ椅子とベンチがどっと崩れ、地面に倒れると、それが合図だったみたいにごおっと炎の勢いが増し、柱の棒がこよりみたいにねじれて倒れ、なんだか三階建ての建物の平面図が燃えているみたいになった……木馬だけはしぶとく燃え続け、炎を飛びこえよう、飛び上がろうとでもいうように、炎の中で前足を上げたけれど、後ろ足で立ったまま尻もちをつき、ひづめが緩んで口があき、馬具《ハミ》が外れていぶした肉の匂いを放ち、それから籐の馬は体全体でけのびをした、次に桶屋が籐のシャンデリアに灯油をかけて火をつけると、シャンデリアはのろし火みたいに天に向かっていきおいよく燃え、炎の不死鳥みたいに燃える羽根を落とした、そして、最後にとうとう桶屋は、この小さな部屋に桶とバケツの水をざっといきおいよくかけた。できあがった当初から、世界中のどんな軍事報道よりも、前線の動きがよくわかるバロメーターだったこの部屋に。

8

　戦争も終わりに近づき、ガソリンが底をついてくると、醸造所はこれからもビールの配達を続けてゆくために、二台のトラックの燃料を木炭ガスに変えることにした。村々の居酒屋を回っていた父さんも、シュコダ430の燃料を木炭ガスに切り替えた。で、いつもみんなが嫌がる作業を引き受けてきたペピンおじさんがトラックの木炭係を任され、父さんはシュコダ430の木炭係もおじさんに任せた。広場で本を売っているフクスさんは、長さが八メートルもある十六気筒エンジンのでっかいランチアの持ち主で、やはりガスに変えることにしたけれど、整備士はこの美しいボディにボイラーをひとつでなく二つ取り付けなきゃならなかった。土曜になるといつも、午後には車が温まってガスがちゃんと発生するように、朝からふたりがかりで樫《かし》の木の薪《まき》をくべてランチアを暖めた。で、フクスさんは温泉地で着るみたいな白い服を着て、午後になるとランチアに乗り込み、整備士が二人、車両後部のボイラーのそばに張り出したランボードに立つと、狭い中庭から車を出した、でも、表へ抜ける通路で決まってつっかかるものだから、整備士が職人を呼びに行き、ジャッキやバールで車を塀から離さなきゃならなかった。そこでせめて表に出られるようにと、整備士たちはフクスさんがどこを通ればいいか、石灰で地面に線を引いてやるようになった。でも表に出たと思ったら、今度はボイラーの火のいきおいが止まってしまい、整備士たちが立ったままフックでかき回し、樫の薪をせっせとくべ、町の人はおもしろそうにそれを眺めた。けっこうなものだった、後部のボイラーから煙を吐き、樫の薪を注ぎ足すために整備士が乗っている車でドライブするんだから。こうしてフクスさんは車を出すと、白い服で広場を横切ってぐるりと一周し、また自分ちの通路に戻ってくるんだけど、通路に入れようとするとまたもやピストンがシリンダーにはまるようにつっかかり、日雇いさんたちがジャッキとバールを持ってきて塀から車を離し、まっすぐにしてやらなきゃならなかった。で、車庫入れするために、整備士たちが前輪が通る道を石灰で引くのだった。ペピンおじさんが燃料をたいていた醸造所のトラックも、似たりよったりなものだった。おじさんが燃料をくべると、いつも多すぎるか少なすぎるかのどちらかで、ビールを積んでいるあいだ、おじさんはわめきながら長いフックと火かき棒で大きなボイラーと闘い、まるで馬か牛かまぬけで石頭のわからずやに言うみたいに呼び掛けて、ののしった。そしてビールを積んだトラックが醸造所を出発すると、嬉しくて仕方がない運転手は、ずっとにやにやしっぱなしで、広場に大勢の人が出ているると、先に行けるのにトラックを止めて言った。「ヨゼフさん、どうも気にくわん、燃料が足りんようだな、見てきてくれんか！」ペピンおじさんは助手席を降りたかと思うと、もう大声をあげた。「まったくなぁ、トンゼル大尉、剣を運んで差し上げたあの方が、このオーストリアの兵隊の成れの果てを見たらなぁ！」そしてランボードに飛び降りると、車の横を這って歩き、耳をすまし、どのくらい燃えてるかな、とボイラーをつかんでぺたぺた触り、フタを開けた、するといつだって火は消えているように見えるんだけど、実は空気が足りないだけだったので、すぐに引火して煤《すす》がバンと爆発し、広場に爆音がひびき、五メートルもの黒い煙の柱を噴きあげて火花を散らした、で、ようやく煙がちりぢりになってくると、ボイラーの端につかまって立っているペピンおじさんの姿が見えてきて、ボイラーのフタは広場をぴょんぴょん跳ねていき、おじさんは眉がちょっぴり焦げてまっ黒になった顔で立ちつくしたまま、叫んだ。「オーストリアの兵隊は大ピンチにこそ力を証明する。また勝ったわい！」そしてフックでボイラーをかきまわし、残りの樫の薪を放りこみ、爆発でみんながちりぢりに逃げてしまった中、勇気ある人が拾ってきてくれたフタをはめてボイラーを閉めると、助手席に戻ってきて、いきりたって雄たけびをあげた。というわけで樫の薪をくべたり足したりするときにペピンおじさんは一度だって状況を正しく読んだことがなく、いつも万事ＯＫ、もうあらかた消えてるさ、と思いこんだ、でもちゃんと中を見ようとしてフタを開けると、必ずバンと爆発し、炎のまじった煙がロケットみたいに噴き出して、そのたびにペピンおじさんは顔を上げられず、そのたびに煙をくらってしまうのだった。だもんでこんなことも起きた、いつだったか、お葬式の行列が通りかかったとき、おじさんがボイラーの中をかき回したら、馬がひどくおびえ、駆け出したり暴れたりした、またいつだったか、訓練帰りのドイツ人兵士の一団が、祖国《イン・デア・ハイマート》で、祖国《イン・デア・ハイマート》で……と歌いながら通りかかったときには、ボイラーが爆発したもんだから、兵士たちは襲撃とかん違いしてばっと地面に身を伏せ、体を隠し、あわや醸造所のトラックを蜂の巣にするところだった。キリスト聖体の日には、花びらをまきながら少女たちの行列がやってくると、運転手は自分は自由思想家だと言い、正面に樺《かば》の木の祭壇があるカトリックホールにビールを卸し始め、ペピンおじさんに言った。「もう消えるぞ、発車できなくなる……」ところがペピンおじさんがフタを開けたとたん、たちまち煤煙に引火して、ガスが燃えて煤が噴き出し、カゴから花びらをまいていた白と青の服の子どもの行列の上におごそかにふり注いだ。そして司祭様の聖体顕示台こそ突風に持っていかれなかったけれど、天蓋が飛び上がるのを誰にも止められず、金色の糸で端を始末した赤い布が、司祭様たちの手をすり抜けて、ペルシャの空飛ぶじゅうたんみたいに広場の上を舞った……。またいつだったか、毎年恒例の市場で、広場の角の仔羊亭にビールを卸していたときのこと、ペピンおじさんはただ燃料でも足すか、と思って薪をくべていた、おじさんはもうなんべんも爆発にあったせいで真っ黒になっていて、洗っても落ちなくなっていたけれど、かえって本物のボイラーマンみたいで、イタリア人かロマのように浅黒く、爆発のたびに髪の毛や帽子に火の粉が飛ぶので、眉毛もちりちりで、頭の毛もなかった。で、運転手はいったいぜんたい燃えてるんだろうかと怪しみ、おじさんに火かき棒でかき回すように言った、ただしフタには触ってくれるなよ、と念を押して。でもパチパチと音がしているかどうか、ボイラーに耳を当ててみたおじさんは、こりゃもう間違いなく消えていると考えた、で、フタを開けてみたら、またもやバンと爆音が市場をつんざき、村人は爆発と煙から逃げまどい、ヤギにつまづき、テントや帆を縛った縄につまづき、テントは倒れ、子どもは悲鳴を上げ、わーわーわめき、売り子はののしり、毒づいた、で、買い物客や見物客は、爆発したトラックから逃げ回り、ちりぢりになる途中で、浮き足立ったヤギやら飛んでくる板きれに当たって転び、テントや帆にからまってもがき、へたすると空き地に積んであった陶器の中に突っ込む人もいて、市場が元通りになるまでに何時間もかかったのだった……。父さんはもう、戦争が終わるころには、橅《ぶな》の角材を採りに行くことも、バイクを分解することもなくなった。いっぽう、小さな町に通い続けるおじさんの株はますます上がり、とりわけ保護領総督ハイドリヒの暗殺に敬意を表してダンスしたことが知れ渡ると、ますます門や窓が開け放たれ、そしておじさんと話せなくても、せめて、コルベット艦長の水兵帽をかぶってまるで何事も起きていないみたいにあいかわらずせっせと美女の元に通いつめる英雄の姿を見てみたいと思う人が増えていった。父さんとはもう小さな町の誰も分解したがらなかった、ひとつには醸造所に第三帝国軍の中隊がいたからで、ひとつにはもうみんなかかわりばんこに土日の分解を手伝ったから。やがて輸送手段ぜんぶに動員がかかった、父さんはシュコダの車の下に丸太を挟むと、ある夜、ペピンおじさんを起こし、タイヤを外して部品を袋につめた。それから二人でタイヤとスペアタイヤを屋根の上にひっぱり上げ、古い煙突のフタを開けて縄を下ろすと、ペピンおじさんに懐中電灯を持たせて下に降りさせて、ささやいた。「どんな具合だ？」するとペピンおじさんが嬉しげに答えた、ちょうど胸に来るくらいまで煤がたまってるさぁ……父さんはにんまりした。「こりゃオイル漬けみたいに最高の保存方法だな、黒鉛とか石墨の中に寝かせたり、獣脂やラードに流し込むよりもよっぽどいいじゃないか……」そこで父さんは部品をまとめて下へ下ろし、それをおじさんがほどき、もう二十年以上も使っていない煙突の底に、いい時代が来るまで寝かせておくことにした。そしてタイヤも一本ずつ下ろしていったけれど、最後の一本、いわゆるスペアタイヤを下ろそうとしたら、手がすべって下に落としてしまった。父さんが叫んだ。「ヨシュコ、危ない！」ドサッと鈍い音がして、煙突から煤が長々と舞い上り、父さんは煤の中に身を乗り出すと、呼びかけた。「ヨシュコ、平気か？」すると下から嬉しそうな叫び声が返ってきた。「オーストリアの兵隊なんだ、へっちゃらに決まってるだろ、まーた見事に勝っちまった、どんなもんだい！」だけどももう隠すことなんかなかったんだ。前線が大きく動いて鉄道も止まり、ケガをしたドイツ兵たちは歩いて小さな町を通り抜け、歩けない者は手押し車で運ばれ、で、ラベ川が流れる最初の村の船着き場で立ち止まると、彼らは渡し守に川を渡してくれるよう頼んだ、みじめな姿だった、なんだか現代美術の型みたい、石膏の型から抜いた作品みたいで、ほとんどギプスの白い色に覆われていた、こうして生き生きとした芝生と黄色のキンポウゲの緑の崖に、撃ち抜かれた手足と折れた鎖骨と頭に包帯を巻いた姿が散らばり、彼らは立ちつくしてポケットを探り、手を突き出して手のひらの中の金や鎖や腕時計を渡そうとした、渡し守は耳の後ろをぽりぽりかいていたけれど、なんだかんだ言ってケガしたドイツ人を何人かずつに分けて渡してやった、負傷兵たちは、向こう岸に渡ればまだ逃げている味方の軍隊がいる、まだ家に帰れるチャンスがある、そんな気でいたんだ、でも渡し守は知っていた、向こうにいるのはパルチザンで、障害物の陰や溝や水路や谷底で自動小銃やライフルを構えて待ちかまえているのを、もはやこの連中はアーメンであるのを。それでも渡してやった、ドイツ人は嫌いだし、好きになれるはずもなかったけれど、彼らの目に浮かぶ希望を見てしまったからには、向こう岸にたどりつけば、この輝く包帯とギプスを運びさえすれば、助かる、幸せになれる、という可能性、幸せの瞬間を目にしてしまったからには、どうしてそんなささやかな喜びくらい、かなえてやらずにいられるだろう。死刑囚だって最後の夜にできるかぎり最後の願いを聞き入れてもらえるじゃないか。そしてドイツ人たちは、棒の先に白いスカーフを巻き、約束の地へでも旅立つみたいに行進を始めた。それがドイツ軍の最後の一団で、その後もまだぽつぽつと泡食った馬におびえきったドイツ兵の馬車が駆け抜けていったけれど、晩にはロシア人、ソ連軍がやってきた。母方のじいちゃんはその晩こっそり、生き生きとしたニワトコの花を摘んだ、じいちゃんちの中庭はソ連兵がいすわってベッドを使い、彼らは銃を放さずに死んだように眠った、大佐が寝ている部屋の前には、銃を握りしめた兵士が敷居の上に横になり、目を閉じながらも警戒を怠らずに大佐の番をしていた、そして朝方、じいちゃんはそのみずみずしいニワトコの花を手にして、花びんに差そうとした。でも花びんは台所だった、とはいえ何かしたくなると、しないと気が済まないじいちゃんは、もうそのことで頭がいっぱいで何も見えず、大きな花びんが食器棚においてあるのは、何冊かの本と一緒に、食器立ての片側を支えるためだってことに気がつかなかった、そして片腕に摘んだニワトコを抱え、もう片方の腕で皿やらソース差しやらすべての食器が寄りかかっている花びんを引っ張り出そうとして、叫んだ。「ナニンカ、どこにいる、こっちにきて手伝っておくれ！」そしてまた無理に引っ張り出そうとした、これに生けて、大佐殿のテーブルに置いたら、どんなに見事だろうな、とわくわくしながら……そして叫んだ。「女ども、いったいどこにいる、ちくしょう！　ナンカ！」だけどばあちゃんと女中は、ソ連の肉屋がつぶした牛から引っ張り出す肝臓をバケツに受け止めている最中だった、じいちゃんは叫び続ける。「このあばずれ女、どこにいる、なんで手伝いにこない？　このあほんだら！」じいちゃんはわめき続けた、ソ連兵たちを花で喜ばせたいばっかりに……そしてついに引っ張り出したとき、ようやくばあちゃんが駆けつけてきたけれど、同時に食器棚はガラガラと音をたてて倒れ、じいちゃんは食器の上で足を踏みならして当たり散らした。「このアマ、なんで呼んだときに来ない？」ばあちゃんは窓を閉めに走ったけれど、じいちゃんはまた開けると、窓からご近所に向かって叫んだ。「このアマ！　ふらふらしやがって、花びんひとつ取りにこん！」するとばあちゃんも窓から外に向かって叫ぶ。「うそよ」そして窓をぴしゃりと閉めた、だけどじいちゃんは別の窓を端から開けて叫んだ。「このアマ、お前らまとめてぶったたいてくれる！」そう言って食器の上で足を踏みならして、食器入れごと、割れていない皿も引っ張り出して踏みならして悪態をついた、でもだんだん足踏みがおそくなり、テンポが落ち、どなり声もとだえがちになり、ついに座りこむと、ひざの上にパサリとニワトコの花を落とし……足をただぶらぶらさせて、なにやら言おうとした。ばあちゃんがじいちゃんの方に屈みこむと、ただぼそりとつぶやいた。「ナニンカ、達者でな……逝くぜ……」そして一呼吸置くと、ばあちゃんはじいちゃんの脈を取り、女中のアンナが納屋を開けて、古い棚を中庭に引きずり出そうとしているのを目にすると、窓を開けて声をかけた。「アンナ、棚はね、もう二度といらないのよ」そして自転車に飛び乗って医者を呼びに行き、葬儀屋に寄り、午後に寄ってくれるように手配した……。夕方、父さんと母さんは上着の襟に喪章を付け、黒い服を出してきて、いっぽうペピンおじさんは白い水兵帽をかぶってお祝いに出席した、川べりの船着き場にロシア人たちがアコーディオンを持ってきて、焼き肉の塊とウォッカのびんをふるまっていた、彼らは日暮れ前にもう酔っ払い、町の人の中には、この健康と終戦を祝う乾杯競争、マスタードの大きなカップでの乾杯に音を上げて、薄暗闇の中、柵のそばで吐いちゃって、それにアルコールがあんまり強いんで、薄暗闇の中、しがみついていた柵を引っこ抜き、炎と灯りがきらめく川べりを逆に走り出す人、さらには家の壁にたてつけた洗面台に吐き戻しちゃって、陶器の洗面台を引っぱがすと玄関へ戻り、通りへ戻り、洗面台を抱えたまま、踊っている人たちの中をくぐり抜けて川岸に倒れこみ、洗面台の中身を自分にぶちまけてしまう人もいた。ペピンおじさんだけは飲んだくれ、みんなとカチンと杯を合わせ、なんだか飲めば飲むほどしらふになっていくみたいで、軍隊一の踊り手に誘われるまま、彼のコサックダンスにやはりコサックダンス、それも空中ジャンプに素晴らしい開脚スプリットのフィニッシュを添えたコサックダンスでお返しし、次に休んでいた兵士がサヴォヤンカ、アルメニアの早いダンスを取り入れたモラヴィアのスロヴァキア人がやるようなダンスヴァリエーション、ジャンプでおじさんを誘うと、呑み込みのいいペピンおじさんは、アコーディオンのリズムに乗り、そのジャンプに空飛ぶダイヤのジャックみたいな空中キックを加え、身をひるがえして着地すると、前に後ろにとんぼ返りをした、ソ連兵たちはやんやと沸き、手を叩いてかけ声をかけた。「ブラヴォ、父ちゃん《パパーシュカ》、ブラヴォ、父ちゃん《パパーシュカ》！」するとまた別のソ連兵がペピンおじさんに剣の舞いを挑んできて、オンドリのようにせかせか動き回り、剣を持っているみたいに飛び越えてはかいくぐり、ケガをしないように身をかわし、一方ペピンおじさんは美女や美しい娘さんに囲まれて息を整え、またみんなと乾杯して次の踊りに備えた、そして次のダンスでは、さらに難しくしてコシュチャーロヴァーとフクサ〔戦前の映画で活躍したチェコのダンスデュオ〕のペアで見たとおり、目の前に女性の踊り手がいるみたいに踊ってみせ、またよくヴラスタお嬢さんとビリヤード台でやっていたみたいに、パンと手をついて逆立ちをした。とにかくペピンおじさんは、この競い合いのために生まれてこのかたダンスを練習してきたみたいだった、この競い合いで初めてちゃんとした本物の相手、楽しむためじゃなしに踊る相手を見つけたというわけ。この人たちの国ではこんなふうに踊るもの、ほかでもない、こんなふうに踊るのが習わしなんだ、だからおじさんも初めて楽しんだり笑ったりするためでなく、踊りそのもののために踊った、兵隊たちもダンスを腕比べと捉え、パパーシュカに勝つために誰を送り出すか相談しているのがおじさんにはわかった、アルコールでねじふせるというものやり方がおじさんには通じなかったから。ペピンおじさんときたら彼らに負けずに飲んだあげく、ご近所さんたちとまで乾杯し、一滴も飲めない人やギブアップした人の分まで飲んだんだ。だけど誰の目にも明らかだったのは、この川べりに集まった面々のうち、ロシア人が一番尊敬しているのはペピンおじさんだということで、ソ連人たちはおじさんに敬意を示して軍楽隊長の隣に席をもうけた、しまいには隊長までペピンおじさんに柳の枝を渡し、勝利を称える演奏をしにやってきた吹奏楽団の指揮をしてくれないかと頼んだほど。ダンスが終わると、兵隊たちはおじさんをさすり、パパーシュカ、パパーシュカとしきりに声をかけ、おじさんの指揮が終わると、ソ連軍一の踊りの名手が、おじさんのダンスは自分にひけをとらないことを認め、高らかに言った。「パパーシュカをモスクワに連れていくぞ」だけどペピンおじさんは、明日は醸造所の樽にピッチを塗らなきゃならないから時間がない、土曜の午後なら、ヒコーキでモスクワに飛んで、ダンスコンテストに出られると言い、おまけに言った。「オーストリアの兵隊はどこでだって勝つ」その夜、父さんは、どうせ黒い喪服を着ているんだから、とバーのお嬢さんたちのとこからペピンおじさんが帰ってくるのを明け方まで待った、そしておじさんを麦芽製造室の屋根の上に連れていくと、古い煙突をふさいでいたフタを外し、縄伝いにおじさんを中に下ろし、部品をひとつずつ、それにタイヤも引き上げた……すべてを外に取りだし、耳をすましてみると、煙突の底からおじさんの声がせず、何か動いている気配もない。「ヨシュコ、ヨシュコ！」父さんは煙突の中に声をかけ、懐中電灯で下を照らしてみたけれど、まっ黒な食道みたいな煙突の奥から上がってくるのは、煤《すす》や砂利ばかり。「ヨシュコ、返事をしろ！」父さんは絶望して叫び、それから事務所の方に駆けおりた、すると、夜回りのヴァニャートコさんがナナカマドの下で弾薬帯にくるまって寝ていたので、ゆり起こすと、ヴァニャートコさんは寝ぼけて、さてはレジ強盗かと喜んだけれど、ペピンおじさんが煙突の中から返事をしない、と父さんが言うと、「待ってください！」そう言って、かかとをカチッと鳴らし、敬礼をして言った。「夜回り番、持ち場に着きます。勤務につきます……」そして忠犬トリックの縄をほどき、父さんと一緒に麦芽製造室の屋根に上がり、懐中電灯で煙突の中を照らしてみた、それから二人でかわるがわる下に声をかけ、せーのでも呼びかけてみたけれど、煙突の中はしんとしたままだった……すると夜回りのヴァニャートコさんは小躍りして弾帯を外し、メキシコ銃とレボルバーを置き、父さんに胸の周りに綱を巻いてもらい、そしてかかとを鳴らして敬礼すると、高らかに言った。「夜回り、準備完了！」そして休めの姿勢に戻ると、父さんがヴァニャートコさんをそろそろと中に下ろした……ヴァニャートコさんが下から叫ぶ。「報告っ、ヨゼフ殿がいました、寝てますよ！　寝ちゃっております！」父さんが叫んだ。「縄で結んで下さい！」ヴァニャートコさんが下から叫んだ。「結びました。引き上げて下さい！」父さんは歯を食いしばって引っぱり上げ、縄が煙突の角にギギギとこすれたけれど、おじさんの体は七メートルの底から一メートルずつ引き上げられていった。ようやくおじさんのまっ黒けの顔が見えてきた、でもおじさんをくくりつけた綱を握ってなきゃならない父さんに、腕をつかんだり、脇の下を支えてやる余裕はない。いったん下に戻すしかないか、そう思ったとき、ヴァニャートコさんが下から叫んだ。「綱を避雷針に結んで！」……父さんは、ヴァニャートコさんが何年も前に醸造所にやって来たことに初めて感謝した、初めて夜回りさんの口から的を得た助言が聞けた気がしたから。父さんは綱をぐっとたぐり寄せると、避雷針のかすがいにしっかり結びつけ、それからおじさんの脇の下に手を入れて引き上げた、そしてすっかり力を使い果たして兄もろとも黄色の万代草の床に倒れ込んだ、おじさんはぐうぐう眠り続け、仰向けに大の字になり、頭上に冷たい星の冠を頂いていた。父さんはヴァニャートコさんを引っぱり上げると、力強く握手を求め、それでもまだ足りずに抱きしめ、ヴァニャートコさんも、まっ黒な口で父さんに軍隊式のキスを返した。でもそれから二人してはっとした。水兵帽はどこだ？　二人は底を灯りで照らしてみたけれど、煤溜まりはまた口を閉じ、白い帽子は影も形もなかった……。

9

親方はいつもみたいに手帳を手に挟んで門の向こう側に立ち、職人たちもいつもみたいに出勤してきたけれど、それはおもてむきのことだけだった。職人たちは親方にあいさつもしないで、わざとぞろぞろ十五分遅れてきた。親方なんか目に見えなくて、存在しなくて、そこにいないというわけだ。親方が遅刻を記録して、皮肉っぽいコメントを付けて、仕事を割り当てようとすると、樽職人の見習いが言った。「もうお目付け役はいらねぇんだよ、お屋敷のフランツィンさんもいらねぇ、今日からは自分たちで仕事を分けるから」すると親方が言った。「私がまだ親方であるうちは、言うことを聞いてもらうよ、私を任命した取締役会だってまだあるんだからね」でも樽作りの見習いは言った。「あいにくな、今日から醸造所は国営企業になったんだよ、もうお偉方なんていねぇ、お偉方は俺たちなんだ、今日、工場委員会が任命されて、俺が委員長になった……」そしてすたすた行ってしまい、親方さんはぼうぜんと立ちつくした、そして事務所から戻ってくると、ちっちゃくなっていた。親方さんは樽職人の見習いを探し出して泣きついた。「私だってもともと君たちの仲間だ、何年もここの発酵室の職人だったじゃないか」だけど樽職人の見習いはつっぱねた。「いや、おまえは敵だった、いつだってお偉方の望むことを望んでた、お偉方の愛なんて苦労させられるだけなのによ、それだけじゃない、いばりくさってたじゃないか、これは許すわけにはいかねぇ、許すなんて無理だ……」親方さんはそれでもまだ食い下がった。「だって私をのけ者にしたじゃないか……」だけど樽職人の見習いは言った。「まあな、でもおまえはもう首だ、もうおまえなしでやっていくことに決めたんだよ……どっちみち、もう郵便受けに解雇の通知が届いてるさ、帰ったほうが身のためだぜ……」すると親方は引き下がったけれど、また戻ってきた、親方に上りつめることなんていつだってただの夢で、昔は信じられなかったみたいに、今回もまたビール醸造所の中庭に戻ってきた、信じられないから、夢に決まっているから、首になるなんてありえないから、でももう誰も親方のことなんか構わなくて、誰も気に留めなくて、誰の目にも映らなかった、もう力を失ったから、もう職人を首にしたり、誰かにすげかえたりすることなんてできないから、職人たちももうごきげんをうかがうようにキャップ帽をもみくちゃにしたり、へこへこして仕事をねだることもなく、今や自分たちがご主人様なんだから。ことはそれからだった、秋になって母さんがリンゴを採り始めると、親方も現物手当の木のリンゴを採りにやってきて、自分のカゴと自分のハシゴも用意してきた、そしてハシゴに登ると小さなカゴにリンゴを入れ、それを泣き虫の奥さんが大きな洗濯カゴに空けた、母さんは二人の女の人と一緒に自分のカゴに採っていた、すると親方の奥さんがわっと泣き出した、母さんが自分ちの木から、ずっと自分ちの物だったリンゴを横取りしてるって……だけど母さんは言った、親方にはもうなんの口出しもできないはず、もうここらの木はうちの物で、父さんはまだ仕事から外されていないし、古い契約によれば醸造所の支配人として果樹園の半分の権利があるんだから。そして果樹園を半分にすると、親方が前に無理やり囲いこんだところもそこに入っていた、そしたら親方の奥さんは母さんの後ろにくっついて上り、リンゴをもぎ始めた、そこで母さんはわざと靴にびっしりこびりついた泥をはたき落とし、乾いた土をぱらぱらと奥さんの顔や髪にかけた、それでも奥さんは採るのをやめなかった、そこで母さんはハシゴを下りることにし、ハシゴをつかんでいた奥さんの指の関節を踏みつけた、だもんだから、奥さんもいっしょに下りるしかなかった、そしたら奥さんは母さんのカゴをつかみ、自分のカゴにリンゴを空けた、そして女たちは向かい合った、さあ、けんかが始まるぞ、と思ったら、もうかけ出して、髪の毛をつかんでブラウスをひきちぎり、秋のリンゴの取りっこでぶりかえした長年の憎しみがドカンと爆発したそのとき、麦芽製造所から樽職人の見習いを先頭に職人が三人やってきて、立ち止まると見習いが言った。「現物支給も終わりです。果樹園と果物は俺たちのものです。果樹園のハシゴをぜんぶ外して下さい、今日から俺たちが果物を取ります、こっちにも子どもと孫がいるものでね、別にいなくたって、もう果樹園は俺たちみんなのものので、お偉方のものじゃないんです……」するとと父さんが枝をよけて果樹園を歩いてきて、話の最後を聞きつけて小さな声で言った。「ぼくはお偉方面《づら》なんかしたことはない」すると樽作りの見習いが言葉をやわらげて言った。「支配人さん、ええ、支配人さんは優しかったし親切でした。でもその親切がね、かえってよくなかったんですよ。あんたは上の方々に仕えましたから。もうここの主は俺たちなんです、いらっしゃるからついでですが、あんたももう支配人じゃありません、支配人は俺たちが職人の中から選んで組合が指名します、明日から国営株は職人だけに売ります、だから俺たちが株主になります、つまりトップを任命する権利も俺たちにあるんです、ブルジョワの有限会社が、都合の良い者を経営者にする権利を持ってたようにね……、親方の奥さん、取ったリンゴは持っておゆきなさい、支配人夫人、あんたも取った分は持っておゆきなさい、そして支配人さんはお帰り下さい、解雇の事前通告が出ています、月曜日はもう出勤しなくてよろしい、次の所長がいますからね。あんたは親切でしたけど、それがまずかったんですよ。階級闘争の切っ先をなまくらにしてしまったんですから、わかりますか」父さんは頭をふって言った。「わからん、だが言わんとすることはわかった、言うとおりにするよ……」すると樽作りの見習いは三人の工場委員会の人たちとその場を去ろうとしたけれど、こっちに向き直り、言いにくそうだったけれどもきっぱりと言った。「それとですね、もう今日のうちに車庫を片付けますんで、車をあそこから出してくださいよ、カニスターもスペアの部品もぜんぶ。あんたのガラクタは壁によけておきますんで……」すると母さんは毛の根元まで真っ赤になって、山盛りのリンゴのカゴを抱えると、踏みならされた草の上にぶちまけた、そして大きなカゴに小さなカゴをしまい、ふっと笑って父さんに言った。「新しい生活を始めましょ」で、父さんの背中をなでて笑いかけたんで、父さんは母さんの目を見返した、そんな母さんが意外だったから。父さんはカゴの取っ手を取ると、母さんと歩きだし、四半世紀もいっしょに暮らしてきた醸造所の美しい果樹園を、これで見おさめか、初めて見るみたいな目つきで見渡した、父さんたちの目に映る庭はこれまでにないくらい美しく、枝になっているリンゴが、この果樹園を通る最後の旅に、色どりと香りを添えてくれた、ここで母さんはひもを渡して洗濯物を干して、デイジーや野の花をつんできたんだ、もっとも目を閉じさえすれば、想像の中で果樹園はまたあらわれて、母さんは目を閉じれば、まぶたの裏で木の本数を数えるだけでなく、人の姿やその人の顔だち、仕草、細かい傷跡が思い浮かぶみたいに、一本一本を見分けることができた……父さんは何年も前に買っていたマイホームの新しい物置に車の部品を移し、シュコダ車を外に出すと、事務所に戻っていった、そしてもう最後だったんで、引き出しを空《から》にして、自分のペンを片付けた、新しい所長は郵便物を開け、いつもの習慣で朝一番にビールを飲み、郵便物の仕分けをしながら父さんが出ていくのを待った、でも待っていたのは父さんもだった、父さんはぐずぐずして、醸造所にも出かけていって壁際にあった空《から》のガソリン缶をわざと忘れ、そこでもぐずぐずしていたけれど、職人は誰も寄って来ず、お別れを言いに来ず、お気の毒ですが、なんて誰も言わず、一言も言葉をかけてくれず、父さんなんかいないみたいに通り過ぎた、みんなの奥さんに子どもがうまれるときとか、子どもの夏休みにシュコダ車やオートバイを出してあげたことなんかなかったみたいに、つい最近もみんなが建てた家や建物に材料や新しい家具を運ぶのに、トラックや車を貸してあげたことなんかなかったみたいに。そして父さんはなんだか罪人みたいに、親方みたいに去った。父さんは最後の段ボールに文房具、暦、ノートを詰めて運び出すときに、引き出しを開けて二つの丸いランプも手に取った、その昔、この光の中で書き物をして、今じゃ停電のときのために取っておいたランプ、緑色のシェードの丸いランプ、そしてこれを持っていこうとしたら、職人の所長が言った。「そのランプは醸造所の備品です……」で、父さんの手から取り上げた。「買いますから」父さんは蚊の鳴くような声で言った、でも職人の所長は首をふって、にべもなく言った。「もうさんざん貯め込んできたでしょ、お屋敷まで建てて……」そして父さんが事務所を出ると、待ってましたとばかりに二つのランプと緑色のシェードを窓の外のがらくたとゴミの山の上に放り出し、緑色のシェードとシリンダーがこっぱみじんになった、父さんは頭を抱えた、頭の中で音がガシャンと鳴った、脳みそが砕かれたみたいに。「ここも新しい時代が始まるのです」職人の所長はそう言って事務所の中に消えた。こうして父さんと母さんが引っ越しをし、最後のカーテンをつけ終わり、父さんがドライバーで塀に表札を取り付けて、四本の杭の上に緑色の郵便箱をていねいにたて付けたその日、醸造所からペピンおじさんがトランクを二つさげて歩いてきた、頭の周りに大きなキアゲハがひらひら飛び、おじさんが足を一歩踏み出すたびに、羽にクジャクの目のついた茶色のちょうちょが弾むように追いかけている。ペピンおじさんがトランクを置いて一息つくと、ちょうちょは無原罪の御やどりを知らせる鳩みたいに、おじさんの頭の上を舞った。父さんがおじさんを見て、母さんも外に出てきた、そしてちょうちょを目にして言った。「ヨジンおじさん、どこに行くの、あと、その頭の上のちょうちょはなに？」するとペピンおじさんは手をふって言った。「こいつか、もう醸造所からつきまとっててさ、従業員部屋を出たとたんについてきたんだよ……おっぱらってるんだが、離れたくないらしい」母さんが聞いた。「それでどこへ行くの、おじさん。バカンス？　きれいな娘さんのところに遠出？　どちらの娘さんに呼ばれたのかしら」するとおじさんが答えた。「まさか、わしゃ、もう年金生活だよ、だからちょいとお宅に寄せてもらおうと思ってな。荷物はそっくり持ってきた」母さんが目を丸くして、手で黒い雲を押し返すみたいなマネをした、両手の平で。恐ろしさに髪の毛まで逆立っていた。だけど父さんはにっこりして言った。「上がんな、兄さん、さあ」母さんが父さんに耳打ちした。「見ててごらんなさい、死ぬまでいすわるわよ……」だけど父さんはまたにっこりして言った。「だから？」

こうしてペピンおじさんは半地下の住まいに越してきて、なんだかこれまでとは違う時代が始まった、父さんは畑を作り、野良仕事を始めると、様子が変わり出した、あのコーヒーばっかりすすり、堅くなったパンばっかりかじっていた人が肉を食べ、ビールをがぶ飲みするようになり、玉ねぎを毛嫌いしていた人が好きこのんで食べるようになった。そして食べると声にも力がみなぎってきて、よく腹を立てよく叫ぶようになり、叫べば叫ぶほど声も力強くなって、叫ぶもんだから食欲もわき、豚をつぶしたときなんか、豚のスープをひとりできれいに飲んじゃっただけでなく、冷性の豚の頭も平らげて、レバーソーセージもパンをつけないで食べ、ビールで流し込んだ。でもペピンおじさん、あれほど食べることに目がなくて、どこに招《よ》ばれたって必ず六人前の昼飯を平らげ、勧められるそばからなんでも飲み干してきたペピンおじさんが、元に返り始め、食べ物に関しては前の父さんみたいになって、肉料理を残して牛乳かコーヒーとパンだけを頼むようになった。「仕方ないさ、義妹《いもうと》さんよ」そう言った。「なんもしなけりゃ、食べる気もせん」で、食べるのをやめて、じゃがいもとかスープとか簡単なものしか腹に入れなくなったもんだから、叫ぶこともなくなって、腹も立てなくなり、町中でべらべら叫び続ける理由もなくなって、ただ手でふり払い、父さんが腹を立てて叫び声をあげると、ペピンおじさんはなだめて、両手を組み合わせ、手で耳栓をして落ち着いてくれとせがむようになった。こうして兄弟は日がな畑で働き、おじさんは目が見えないとぼやくようになった、そこで父さんはおじさんに鍬《くわ》をもたせてロープを張ってやると、おじさんは作物に鍬を入れたけれど、キャベツも雑草も一緒くたに掘り返しちゃうんで、父さんは金切り声をあげ、兄貴はただ小道を作っててくれということになった。するとまたザンゴウができるほど深く掘ってしまうんだけれど、曲がりなりにもそれでおじさんが体を動かしてくれるなら、と父さんは満足した、だもんでおじさんは掘り続けたけれど、だんだん手が止まって座り込んでしまい、目の不自由な人や見えない人みたいにおっかなびっくり歩く方法を覚え、一歩ごとに何かにぶつかるみたいに、手を前にのばして手探りするようになった。「水の中を歩いているみたい」そう言っていたけれど、そのうち小道すら見つけられなくなり、父さんが手を引いてやると、今度は鍬がわからなくて手探りしてるんで、父さんが手に鍬を握らせると、頼りなく鍬を下ろし、まっすぐ進まずに畝《うね》に小道を作ってしまい、父さんがああっと嘆き声を上げた。するとペピンおじさんに慣れっこのご近所さんたちが、金網の向こうから口を出すようになった。「ヨゼフさん、いっそ機関車を二台持ってきちゃってさぁ、畑ごと耕しちゃうのはどうかね」けれどもペピンおじさんはただ手で小道の端を探って座り込むだけで、大声で返したのは父さんだった。「あほんだら、この林の中にどうやって脱穀機を引っ張ってこれるんだ。機関車はおもちゃかい？　ばかめ、そんなのどうやってここに運べる。金網が壊れちまうじゃないか。ったく誰の入れ知恵だ」するとご近所さんは金網を握り締めて言い返す。「ヨゼフさん、メルディーク大尉の助言さ。今じゃ菜園者協会の会長さんだよ」するとペピンおじさんはまるであさっての方を遠く見やって、父さんが叫んだ。「いったいなんだってメルディークのような野郎が会長になれるんだ！　軍隊じゃ大尉なんかじゃなかったぞ」ご近所さんは言い張った。「いんや、支配人さん、大尉でしたよ。こないだ、こんなこと言ってましたぜ。あのお屋敷の坊ちゃんたちふたりにガーデニングってものを教えてやる。ペピンちゃんって……」父さんが叫んだ。「あのどあほが人にガーデニングを教えられるか。ペピンちゃんだって？　失礼千万だ！　やっこさんのおつむにあることなんざ、俺と兄貴のけつの中のもんと変わらんさ！」父さんがビシッと言い返した。そしたらご近所さんが言った。「メルディークはこう言ってました、お宅たちにクローバーの育て方を教えてやる、そしたらヤギだって飼える、草切り刃で菜園を深く掘らなきゃならないがって……」「ヤギを飼うだ？　そりゃあそんな、一筋縄でいくことじゃない」父さんは鍬をふりかざして叫んだ。「ヤギはな、めったくそ食い意地が張ってんだ、お袋なんざ、財布の金貨を三枚も食われちまった、いつだったかなんて、バケツにラードを入れて冷やしといたら、きれいに飲まれちまった。ヤギの話なんかせんでくれ、このどあほ！」すると母さんが窓を開けて言った。「車庫の隣にヤギの小屋を作ったら、お金になるかもしれないわ」すると父さんがコホンと咳払いをして、母さんに向かって叫んだ。「揃いも揃ってあほうだな。ヤギは損すると決まってるんだよ！」けれども母さんは引き下がらなかった。「あら、そんなことない、おとなしいヤギが二頭ほしいわ、毎朝、あなたたちを起こしてくれるし、ヤギの散歩に行ったらすてきじゃないの、新鮮な空気を吸いに……」でも父さんは、新鮮な空気なんか吸いに行きたくない、と叫び、兄であるペピンおじさんにもそう叫んだけど、おじさんはもう言い返さず、もうどこか別のところにいて、もうそんなことは叫ぶほどのことに思えず、何を言われてもカッとせず、腹を立てる理由にならず、ただ小道のすみにしゃがみこんで板に座り、日の光だけを受け止めて、なんだかお風呂に浸かっているみたいで、もう自分をとりまくもの、この暖かい静けさだけあれば幸せという感じだった。「もう目が見えない」ペピンおじさんがそう言うと、父さんは叫び出した。「見えないだって？　見たくないだけだろ、そうだろ！」するとペピンおじさんは小声で言った。「小屋の中のヤギだって探り当てられない」すると母さんが窓から声をかけた。「放牧に行く時だけ連れてってあげるわよ。ヨジンおじさん、ヤギを手につないであげる」母さんはおじさんをゲームに引っ張り込めるかも、と喜んだ、でもおじさんは窓の方、明るいカーテンがきらきら光っている方をちらりと見ただけで、いやいやと手をふって言った。「そんなことしてもむださ」「でもミルクが取れるし、ヤギのミルクは血液にいいっていうよ！」希望の声がご近所さんから飛んだ、けれどもおじさんは手でふり払い、もうすっかり黙りこんじゃって、代わりに父さんが叫び返した。「何を言う。わが兄ペピン、少佐にコニャックやシャンパンをふるまわれ、お嬢さんとおしゃべりし、社交界の会話をたしなみ、リノリウム床みたいに警察が送り届けてきたペピンが、ヤギのお乳を飲むだとぉ？」ご近所さんはぱっと手を扇の形に広げてみせた。「でもマエストロ、あれだけ歌とか踊りが好きなんだからさ、ヤギに一曲聞かせてやりゃぁ、たっぷりお乳を出すよ、ミチューリンも書いてたよ、牛に音楽や歌を聞かせると、お乳の出がよくなるって……」そしたらペピンおじさんでなく父さんが怒りだした。「何言ってやがる？　ミチューリンが教えてたのは、リンゴを柳で育てられる、接ぎ木できるってことだ。そんな奴になんでヤギの育て方がわかるんだ。よくもまぁそんなことをぬけぬけと」そう叫ぶと鍬をつかんで戦う構えをし、ペピンに呼びかけた。「兄貴、来い、突撃だ、一発みまってやろうぜ《アインファッハー・シュトース》、やつの鼻によ、オーストリアの兵隊みたいにさ、来い、バシッといけ！」そして鍬の柄を握って金網の間からえいっと突き出し、さも愉快そうに付け加えた。「またオーストリアの兵隊の勝ちだぞ……」そしておじさんをふり返ったけれど、ペピンおじさんは何も言わず、そっぽを向き、手をふっただけで、今の言葉なんかもう叫んだり体を動かしたりするかいなんかない、何もかも空しい、空しいといわんばかりだった。

　そんなおじさんも、あと一度だけ父さんに乗せられて、キノコ狩り、ヤマドリタケを取りに出かけることになった。で、またもや父さんはずるい手を使うしかなく、初めてディモクリの森へ出かけようというときに、前もってヤマドリタケを三本買いこんだ、そして朝、列車で出かけると、目に飛び込んできたのは、やはりキノコ狩りに向かう百人もの人たちで、ロズジャロヴィツェに着くと、おたがいにイライラし出したキノコ狩りの大集団がわっと駆け出して、森中に叫び声、かけ声、呼び寄せる声がこだました。だけど父さんは、行く手をうろちょろするやからを追い払ってみせた。みんなを先に行かせ、買ったヤマドリタケをすみっこでさっと一本取り出すと、せかせか動き回るひとりの後ろでつきあげてこう言ったんだ。「こんなキノコ、残していっちゃうのかい」こうして買ったキノコをかかげるもんだから、キノコ狩り仲間は雷に打たれたみたいに立ちすくみ、父さんはキノコの汚れを払っておじさんのカゴに入れると、おじさんは手でキノコを探り当てていい香りにうっとりとした、こんなふうに父さんは三本の買ったキノコでうまいこと自分のそばから人を遠ざけた、二本目、三本目もいつも誰かの後ろでつきあげるもんだから、背後で父さんにキノコを見つけられた人は、うらやましさに破れかぶれになって、さっぱりキノコが見つけられなくなった。こうして森を歩き回ると、父さんはおじさんを掘の先に連れていって座り、おじさんがヤマドリタケを取り出して香りをかいでいる横で、興奮の雄たけびを上げた。でもそのうち、この時の止まった町の駅からあまりに人が押し寄せてくるようになったんで、父さんはいっそ午後に行こうぜと言ってみたけれど、考えることはみないっしょだったみたいで、午後の駅でまたもやみんなが顔をつきあわせることになり、それならとバスに乗り換えたら、またもや列車で通っていた人たちがみんなバスに集まってきて、あまりにごったがえしてバスがもう一台出ることになった、そこで父さんは、やっぱり車が一番だよな、と言いだしたけれど、夜明けとともに、この時の止まった町から車とオートバイと自転車の大行列がぞろぞろ動き出し、またもやそろって同じ方向に向かったもんだから、またもや森にみんなが集まり、互いに目が合い手がぶつかり合うしまつだった。そこで父さんは思い切って、スモトラハ教授〔チェコの菌類学者〕をまねて、毒キノコや食べられるかどうか分からないキノコにまで手を出すことにした。父さんは小鍋とバターを持っていって、ペピンおじさんと実験的な菌類学を始めた。するとほぼ春のおわりから秋のおわりまでまんべんなくキノコが採れるようになった。ふたりはキリンタケやニガクリタケの房を採り、火を起こしてバターで玉ねぎを炒め、ニセショウロとテングダケも放りこんだ。父さんはまずおじさんにキノコ炒めをすすめ、三十分ほどたってから、こう訊いた。「ヨシュコ、なんか耳鳴りなんか、しないだろうね」そしておじさんがしないと答えるか、する、と答えても、それが単にカンカンと鳴る教会の鐘の音やチリンチリンと鳴る自転車のベルの音だとわかると、やっと口をつけて、こりゃいける、と気づくのだった。だけどまるまる五時間も森から出られなくなったこともあった、ニセショウロかセイヨウショウロを入れすぎて、食べたら足がマヒしてしまい、森の中で動けなくなったんだ。ペピンおじさんは、もうこれで歩かなくてすむな、障害者になりゃ車いすで押してもらえるわい、とほくそえんだけれど、数時間も経つとがっかりした。力がまた戻ってきたものだから、駅までたどりついて、帰宅できたというわけ。で、このころ父さんは、この怪しげなキノコのおかげでがぜん体の調子が良くなってきたもんだから、母さんも連れていくことにした、でももうエスカレートしてるもんだから、スモトラハ教授がヘルボール酸を含んでいると言っているアシベノイグチ、イロガワリ、キシメジに何種類かのノボリリュウ属まで炒めてしまった……そして父さんたちはまず母さんにこの珍味を味見させ、三十分たっても何の耳鳴りもしないと母さんが答えると、やっと自分たちも口をつけた、どっさり採れたノボリリュウは母さんが酢漬けにしたけれど、それもほっぺたが落ちそうなおいしさで、ヤマドリタケよりはるかにいけるくらいだった。さらに父さんはひらめいた、このノボリリュウの酢漬けを、ミカンタケとかコウタケ、丸パンと呼んでるタマチョレイタケと一緒にタラゴン酢に漬けたら、カクテルグラスで出せるんじゃないか、レモン汁を絞ってウスターソースとタバスコを数滴たらして。はたしてこのミックスキノコはとてもやわらかい貝かロブスターみたいな味がしたんだった。ことはそれからだった、あるときトシェベストヴィツェで降りて、林のそばのサッカー場を父さんがペピンおじさんの手を引いて横切っていたら、父さんがつぶやいた、あそこの赤いの、なんだろね？　そして引き返してみた二人はあっと息をのんだ、父さんたちはしゃがんで見事なイグチをカゴいっぱいに採り、あとは林のそばの砂地に座ってひなたぼっこして過ごした、するとそのあと駅で、一日中探し回ったのにカゴの底に二、三本しか食べられるキノコを見つけられなかったみんながののしってきた。どこかで買ったんだろうよ、フランツィンとペピンのやってることは挑発だって。でもことはそれからだった、その晩のこと、家で母さんが久しぶりに普通の食べられるキノコを炒めたら、三人そろって、吐いちゃったんだ。ペピンおじさんなんかぶっ倒れて腹は下すわ、異常にのどが渇いてまた戻すわ、さらに鈍い頭痛はするわ、ふくらはぎはつるわで、さらにときどき物まで二重に見え出して、耳鳴りがし続けた。そしてなんせ六時間も足がマヒしたんで、一家そろって病院に運ばれると、医長さんが言った。みなさん、食用キノコの食中毒です、で、こんなこと、スモトラハ教授がヤマドリタケを食べて完全にのびた状態で発見されて以来のことだった。

10

　ある日のこと、父さんはおじさんといっしょに、キノコもとらずに興奮しきった顔で帰ってきた。そしてあくる日、父さんはトラック用の一番大きなタイヤを買ってシュコダ430に乗っけると、後ろの座席を取り外し、修理道具とタイヤ工具と自分のペダル旋盤とペピンおじさんを押し込んで、数日分の食べ物と毛布も積んで森に出発した。前の日、キノコを探していた父さんは、やぶの中で白という意味のホワイト社のトラックを見つけたんだ、で、すっかり夢中になった、タイヤも取れちゃっているし、木イチゴとラズベリーのやぶに埋もれているし、しかも白樺《しらかば》が車の中をつき抜けていたけれど、父さんがボンネットを開けてみたら、ぶるっとたまげたのなんの。エンジンはなんともなかったんだ。クロムでめっきしてあるか、なんか特殊な鋼鉄でできているからで、しかもエンジンだけじゃなく、エンジンルーム全体がそうだった、で、車体を見てみたら、車輪のひとつひとつに駆動が付いてるのが分かったんで、父さんはペピンおじさんと一緒に車輪をひとつひとつジャッキで上げて、ディスクブレーキにタイヤをはめた、トラックが足で立つと、父さんは気化器、そしてデスビを分解した、するとおじさんがまた水中で見てるみたいに眺めてるんで、部品をひとつひとつ触らせてやると、おじさんは満足そうにうんうんうなづいた。次に父さんはエンジンヘッドも取り外してみて、顔を輝かせた、エンジンはさびついてもいない、昨日まで使ってたのかというくらい、油が差してあったから……。それから父さんはガソリンの具合を見て、キャニスターから注ぎ足し、クランクハンドルを取り付けた、で、一度回すと、混合気をじゅうぶんに吸ってクランクが動き、のろのろとエンジンが回り出し、うまいことといって、エンジンがかかった。父さんは森をかけまわって叫び、歌い、ペピンおじさんは咳こんだ、高いドの音でいっしょに歌おうとしたけど声にならなかったんだ、弟といっしょに、弟を喜ばせたい一心で踊ろうとしたけど、足がもつれたんだ、そして木イチゴとラズベリーの中に倒れてしまった。父さんが運転席に乗り込んでアクセルを踏むと、エンジンが暖まって浮かれた声、白くて陽気な歌声をあげた……そして父さんは白樺の枝を切り落とすと、さっそくガスをふかし、エンジンの回転を調節した……。それから運転台に乗り込み、ガスをふかし、おそるおそる、息苦しさをおぼえながらクラッチを踏んでギアを入れてクラッチを離すと、おでこに脂汗がにじんできたけれど、ホワイトは走り出し、うまく動いたどころじゃない、生い茂った林をまるごと引きずって、容赦なく引き裂き、百本ずつ束になっていきおいよく生い茂っていた幹や根を楽々と引っこ抜いた、このエンジンはぬかるみだってへっちゃらだった、父さんはきゃっほうと叫んで、隣にすわってたおじさんも、弟を喜ばせたくて、やっぱり浮かれた声をあげようとしたけど、音すら出なかった。父さんはもう浮かれまくって、ペピンおじさんをひき寄せると、おじさんにハンドルを任せ、ドアを開けて運転席から飛び降りた、ペピンおじさんはただハンドルを握りしめ、恐ろしさと、ハンドルを任せてくれた弟の信頼感に口もきけなくなった。といってもホワイトはえっちらおっちら空き地を進んでいるだけで、歩いているみたいだったから、なんにも起きるはずはなかったんだけれど……。で、父さんは後ろから側あおりを眺めると、今度はホワイトを追い越して前から眺めてみた、なんだかよその車でも眺めてるみたい、初めてこのトラックを見たみたいだった。で、どっちから見てもどの角度から見ても、見るたびにこのトラックは美しい、新しい樫《かし》の木の側あおりを作ったらもっと美しくなる、そう思った。その瞬間、自分はこの瞬間のためだけに生きてきたんだ、醸造所の会計士から支配人、所長にまでなんかなったのはそもそも間違いで、初めから運転手の仕事につくべきだったんだ、そんな気がしてきた、ここにきて父さんの車好きは、仕事の域に達した、三十年間、仕事のあとに趣味で詩やお話を書いて引き出しの中にためてきたけれど、仕事をやめて足を洗い、もっぱら天職だと感じることだけをするんだと決めた人みたいに。というわけで父さんはホワイトを道に出すとそこに止め、それからシュコダ430を取りに戻り、シュコダに乗ってペピンおじさんが震える手でハンドルを握っているホワイトのところまで追いついてきて、それからまたホワイトを一キロ走らせると、またシュコダを取りに行き、そうしてちょっとずつ進んでいって家の庭に戻った……その夜、父さんは寝付かれず、何度も起き出してきては懐中電灯を持ってトラックを見に行き、ボンネットを開けてはまたエンジンを点検した、気持ちは高ぶったまんまだった。そして朝いちばんで国民委員会に飛んでいくと、発見物を届け出て、国民再生基金から、拘束預金の一万コルナでこのトラックを買った。そしてさっそく新しい側あおりを取りつけ、一月後には、年金もわずかだから、ホワイトで野菜を配達すると言いだした。というわけで野菜の配達を始め、助手にはペピンおじさんがついていった、畑や野菜の倉庫に着くと、そこの人たちは決まって聞いた。「助手の人はいったいどこにいるのかね?」そこで父さんが助手席からおじさんを降ろすのを手伝ってくれと頼むと、降ろしてくれたけれど、ペピンおじさんが野菜の箱を運んではいくものの、違うところにばっか、トラックの横に持っていってしまうのを見ると、助手席に戻し、自分たちで手伝った、で、それ以来、父さんの車を見て助手席におじさんがいるのを目にすると、倉庫の人たちは言った、とっとと終わらせたいからね、おじさんは車に乗せたままにしといてくれ……そして父さんが側あおりを閉めてもまだ荷台に箱を投げあげてきて、父さんは丁寧に荷に縄をかけると、豪快に笑って運転席に乗り込んだ、そして配達メモを脇ポケットにつっこむと、丘を越え山を越え、これ以上ないというくらいわくわくしてよその町に向かい、ホワイトが歩く音に耳をすました、道中ずっと父さんは歌い、ペピンおじさんはその横でメェメェ鳴いた。そしてまた目的地に着くと、父さんは車寄せをバックするか、倉庫にバックして寄せて、そこの人たちが助手はいるかと聞いてくると、いるけれども降ろすのを手伝ってほしいと答えた、そしてそこの人たちはペピンおじさんを降ろし、そのなさけない状態を目にすると、トラックに戻すか、どこか椅子に座らせて、自分たちで荷を降ろした、みんな、さっさと片づけてしまいたかったから。こんなふうにして父さんは野菜を運んでいたけれど、そのうち、モラビアくんだりまでストーブを運び始めた、父さんをさえぎるものは何もなかった、父さんに立ち向かってきた時代は、今や父さんが自分の足で立つのを助け、父さんは年を取れば取るほど実は若くなっていくみたいに、若いころの力がまた戻ってきて、背中の筋肉がもり上がり、腕もスコップみたいになって、指と指のすきまが広がり、こぶしをにぎると、ちょうどポスターの労働者みたいなこぶしになった。そして昔のペピンおじさんみたいに、青春時代のグロテスクなエピソードを披露するようになり、わめき、わいわい喜んで、しゃべるとなんだか叫んでるみたいだったけれど、父さんがしゃべりだしても、ペピンおじさんの方はもうすっかり見る影もなくて、ただにこにこしているばかりだった、実は父さんはあとになって気づいたんだけれど、ペピンおじさんは、自分が叫んだりさわいだりしなくていいように、質問したりわざとおかしな文を組み立てて父さんを怒らせていたんだ、こうして父さんは、おじさんが醸造所に十四日間泊めてもらうつもりでやってきてからちょうど二十五年たって、おじさんと同じようにわめきちらすようになった。おじさんは目だってそんなに悪くなかった、なんべん父さんは聞いてみたことか。「ヨシュコ、あそこを走っているのはいったい何だろね？」するとペピンおじさんが答える。「ばあさんが自転車に乗ってる」。すると父さんが言う。「じゃ、ハンドルの上にあるのは何だろね、馬の首輪かな？」するとおじさんが小声で叫ぶ。「何言ってんだ！　葬式の花輪だろ」すると父さんが言う。「じゃ、そのリボンに書いてあるのは何だろね？　安らかに眠れ、かな？」するとペピンおじさんはじっと見て言う。「どこ読んでんだよ、朝っぱらからテストしてるみたいにトンマだな！最後のお別れって書いてある……」すると父さんはふぅっと息をつき、ペピンおじさんは指をもじもじ組み直した、だって見えないんじゃないということがわかったから。今、おじさんは目が見える、とてもよく見えていることを証明したんだ。でもペピンおじさんは、目が見えないことに決めた、だから見えなくなった。父さんが従妹の誕生日カードにサインさせたら、おじさんはカードでなく、横のテーブルクロスの上にサインした。

そしてまた春がやってきて、父さんは今度はソーダ水とレモネードの配達を始めた。五月には偉大な将軍の銅像の除幕式に、となり町までこの清涼飲料水を届けに行くことになったけれど、走り出したとたんにタイヤを換えなきゃならなくなり、遅れてしまった。父さんがおじさんといっしょにとなり町に着くと、砲兵隊の中尉が止めて、十分後に除幕式の開会の合図に堀から祝砲が上がるから待て、と言った。だけど父さんは言った、数分あれば砲兵隊を通り抜けられる、ちょうどそのお祝いに清涼飲料水をお届けするところである、もうお昼に近いから、銅像の序幕式に集まった生徒たちは、きっと世界中の若者と同じように、のどがカラカラにかわいているだろう。そこで砲兵隊の中尉がもう一度無線を町の広場につなぐと、向こうから、まだ時間があるから、清涼飲料水のトラックを通らせてよいと言ってきた。そこで父さんは敬礼し、ホワイトが動き出した、のろのろ進む父さんの目に、堀に大砲、一二二ミリの砲筒、七人の砲兵手が位置に着いているのが見えた、最初の大砲の横を通り過ぎて二台目にさしかかると、太陽の光の中、大砲の横に弾薬を持った弾込め要員が立っているのが見えた、三台目では、もう助手が砲車のそばにひざまずいて、しっかり砲車を地面に抑えつけてるのに気付いた……。そしたら、ホワイトが生まれて初めてプッスンプッスンと言いだした、きっとキャブレターのホコリだ、父さんはぎょっとして、ペピンおじさんが言った。「ここでくたばってみろ、まだ七台もあるんだぞ！」でもホワイトは止まった……そしてリウマチの発作が父さんをおそった、これは誰かにコテで関節を温めてもらわなきゃならない、ひざだけじゃなくてひじも。でもハンドルを握っている父さんの目に、遠くで中尉が早くどけ、と合図しているのが見えた、こうやっていた、シッシッ。中尉はめんどりか何かみたいにホワイトを手で追い払い、父さんは自分にハッパをかけて飛び下りると、ボンネットを開け、それからねじ回しとスパナを取りに戻ってすばやくキャブを緩め、フロートチャンバーのねじを緩めてノズルを開け、ふっと吹き込んだ、そしたら中尉がラジオに耳を当て、手の動きひとつで父さんを見捨てたのが見えた、中尉はちらりと腕時計を見て手を挙げると、腕時計に目をやった、砲兵手が全員集中し、兵士がなんにんか、耳をふさいだ……。すると中尉は晴れあがった午前の空に手をひとふりして合図を下し、一発目の祝砲が鳴った、この一斉射撃でホワイトの側面のあおりがはがれ、ソーダ水がぜんぶ吹っ飛び、ガラスの破片が吹雪みたいにこの一帯のかなたまで運ばれてきらきら輝くのが見えた、父さんは、空気の衝撃でボンネットがはがれるのを感じた、でももしかしたらこれで命拾いしたのかもしれない、ゾウの耳の上みたいにボンネットに乗っかったまま、たわわに実った畑の上を飛ばされたから。縁日にイロウトさんが空を飛んでいったみたいに。あの麦芽職人は若いころ、縁日の大砲の玉になって飛んでいったものだった、で、空気の圧力が収まると、父さんを乗せたボンネットも着陸して、堀の端まで滑っていったけれど、父さんはまだキャブレターを抱えていて、それからガラスの破片のシャワーをあびた……そして第二砲でホワイトはくるりと向きを変えると、まだ残っていたケース、ぐしゃぐしゃになったソーダの入ったケースが吹き飛び、父さんの上をはがれた側あおりが飛んでいった……祝砲はまだ続き、父さんは頭を突き出して、ドドンと砲撃が鳴るたびにホワイトが遠のいていき、あちこちの向きに回転し、どんどん形がなくなっていくのを目に収めることができた、それから父さんは砂ぼこりの中をのぞきこみ、確かめようとした、ペピンおじさんがどうなったかを……そして堀の中に滑り込むと、スピノサスモモと野ばらの茂みの中に、ペピンおじさんがホワイトの座席に座ったままでいるのを見つけた、きっとおじさんも父さんみたいに空を飛んできて、バネみたいな茂みの中に着陸したんだ、祝砲でドドンとくるたびに、突風で茂みが揺れ、おじさんは枝で編んだ昔の乳母車に寝ているみたいに揺れた。それから広場で銅像の除幕式が始まり、町に入る道の柱だけじゃなく、ここらへんのプラムの木にもところどころ取り付けられたアンプのスピーカーからあいさつが流れてきて、うやうやしい声が将軍の生涯の輝かしいエピソードを熱心に語り、紹介し始めた……すると中尉がかけよってきて、父さんの上着がボロボロになってズボンがずたずたに破れ、おじさんが座席に座ったまま茂みのふところに抱かれて揺れているのを見ると、ぱっと手を広げてみせたけれど、父さんは言った、不可抗力《ヴィス・マヨル》ですよ、この二年で初めてキャブレターがおかしくなったんだ、これでも上出来ですよ、でも……父さんは悲しげにつぶやき、突風で原っぱまで吹き飛ばされたトラックの残骸、ガレキを指差した……するとさっと砲兵手たちが、チェコの作家のりっぱな銅像みたいなペピンおじさんを座席の両側から持ち上げ、軍用車に乗せた。二分で広場に着くと、銅像にはまだ幕がかかっていて、アーケードやあちこちの家から着飾った軍人と市民が出てきて、シャツにスカーフをつけた子どもたちもおそるおそる出てきた、広場の銅像の周りの石畳は一面、清涼飲料水やレモネードのビンのかけらや破片できらきら輝いていた、砲火の突風と強い風がここまで運んできてシャワーみたいに降らせたんだ、中にはおでこを切った人もいて、看護士さんがばんそうこうを貼ったり、包帯を巻いたりしていた……で、ことはそれからだった、音楽が国歌を演奏し始め、町長がひもを引っ張ったら、布がするすると下りて、将軍の銅像がにょきっとそびえたち、軍隊が敬礼した、で、兵隊たちは自分たちも国歌の間、敬礼するために、ペピンおじさんを記念の盾や記念品が置いてあるテーブルの上に降ろした……ところがペピンおじさんの体がぐらりと傾き、座席ごと落ちてしまい、金属製の椅子の足が、やかましい音をたてた、でも誰も助けるどころか、何もできなかった、国歌の間はみんな気をつけをしてなきゃならないから。さらに軍隊のキャタピラ・トラクターが、車輪がぜんぶガタガタ傾き、ボロボロになったホワイトを広場に引きずってきた、そして国歌の演奏が終わるまで、キャタピラ・トラクターも止まって兵隊たちは敬礼したけれど、ホワイトは広場の石畳に鋼鉄と鉄が当たってガシャガシャけたたましい音をたてて崩れ、大昔の動物か傷ついたマストドンかネス湖の怪獣かといった具合に、腰から砕けた。しかも重心がなってないんで、重さの何十グラムかが片側によっただけであおむけにひっくり返り、車体の底とエンジンの隙間に残っていたピンのかけらと破片をガチャガチャふりまいた。そして国歌の演奏が終わると、ガラスの破片につんつんついばまれた人たちはたまりかね、広場の端の二つ目の銅像が目に入ると、横道やアーケードや通路に逃げ込んだ。それから父さんとホワイトは、もう兵隊たちがホワイトの車軸でなくてトレーラーに乗せて家まで送り届けた。さらに兵隊たちは戦いに果てたトラックを中庭のシュコダの横に運び、相変わらずトラックの座席に座ったままのペピンおじさんを運び、股関節が少し外れてしまった父さんは、畑の上を飛んできたボンネットに乗せて運んだ、父さんはまだキャブレターを抱えていた……

そしてもう父さんはちゃんと元通りになることはなかった、もうホワイト社のトラックを二度と元通りにできなかったから。ペピンおじさんはそばに座り込み、父さんは車の残骸の上で、数千コルナもありゃ、車体はなおる、そしたらまたエンジンがぶんぶんうなり音をあげ、またホワイトのトラックで野菜を届け、またシュコダで故郷の町まで行くんだ、とうきうきする図を思い描いたけれど……そこで父さんはあるとき踏み切りの向こうの樽屋まで樫の木の横材を求めに出かけ、そこで足を止めて、ペンキ屋が遮断機の棹《さお》に縞模様を塗っているのをちょっと見物することにした、ところが塗り始めたと思ったら、棹が上がり出してしまった。ペンキ屋は脚立を持ってきて上り、棹を塗り続けたけれど、刷毛《はけ》のペンキがなくなったんで、脚立を降りてバケツを取ってまた上がり、バケツをフックに架けた、そしてペンキをつけて塗り始めたと思ったら、こんどは棹が下がり始めた……ペンキ屋はあたりを見渡した、誰も見ている人はいない、父さんだけがにやにやしていた、そしたらペンキ屋はまずバケツを取ってペンキに刷毛を浸し、なにくわぬ顔で脚立から降りた。ところが二本目の黒い縞を塗り始めたら、またいきなり棹が上がり始めた。ペンキ屋は突っ立って、刷毛からペンキが滴り落ちてきたけれど、そのまま待つことにした、でもしびれを切らし、また上る、ところが刷毛のペンキがなくなったんで、下に降り、バケツを持って上に上がってフックにバケツをかけたら、棹が下がり始める、そんなわけでペンキ屋は一本もちゃんと塗ることができなかった……誰も気付いている人はいなくて、父さんだけ、この運命のたくらみを目にした父さんだけが、にやにやしていたけれど、それが自分にとって何を意味するのかは、父さんはまだわからなかった。そこで遮断機の向こうの樽屋に行ってもさらに見続けた、遮断機が上がったり下がったりし、列車が行き来して、機関車と貨物列車が分岐線に入っていくのを。職人が脚立を上ると棹が降りてきて、いつもバケツのことを忘れてしまうのに辛抱強く取りに戻り、そして何ふりか塗るとまた棹が離れていって、作業の段取りを変えなきゃならないのに、ペンキ屋の親方は腹を立てるどころかどんどん落ち着いていくのを……。そこに、父さんは自分自身のシンボルを目にした、遮断機のペンキ塗りに自分の運命、自分の運命の絵図を見出した、待ち望んで、やっとその時がきて、ペンキを塗っても、たった一本しか黒い縞は塗れないんだ。そしてホワイトのトラックは車軸が折れてエンジンもこわれ、どの車輪のギアもブレーキドラムも粉々になっているのに気付かずに、父さんは横木と当て木と板を交換した。細かいことに集中して、ことの本質に目を向けたくなかったんだ。

そのころペピンおじさんは体を動かさなきゃいけない、でないと一歩も歩けなくなる、と医者にきっぱり言われた、そこで父さんは午前中、おじさんをポンプのそばに立たせ、樽に水をくんでくれ、二〇〇リットルの水をくんでくれと言った、おじさんは水をくみ、父さんは車を修理した、中庭から、ポンプのレバーが井戸の鋳鉄の喉に規則正しく当たる音と、新鮮な水がほとばしる音が聞こえ、ペピンおじさんはせっせと樽を見に行っては、水がたまってきたかどうか、樽に手を入れてみて、水に手が届くと、にんまりしてまたくみ続けた、昔みたいにご近所さんたちがやってきて、おじさんにあれこれ問いかけたけれど、おじさんは手でふりはらい、太陽の下でポンプをキコキコ動かし続けた、大地の内側から新鮮な水が上がってくるのが楽しかった、そして樽がいっぱいになったのを手で確かめると、それはたいてい午後のことだったけれど、足を引きずり、なんだかしばられているみたいに足を引きずって中庭に向かい、壁をまさぐって探り当てると、壁伝いに中庭まで行き、水がいっぱいになったと知らせるのだった。晩になると父さんは水を果樹園にばらまき、雨が降ったときは、桶の底に穴をこじ開けて水を流し、それから穴を杭でふさいだ。こうして兄弟は働いたけれど、もはや働いた成果は樽の中身とおんなじで、意味なんかなくなってきていた。ようするに、この時代そのものみたいに。時代は、動かなくなったまま誰も直さない、教会の塔の壊れた時計だけじゃなくて、周りの時じたいがだんだん止まり出していて、場所によってはもう完全に止まってしまっていた。一方で別の時間、別の人たちの時間は情熱と新しいがんばりと奮闘にあふれていたけれど、ペピンおじさんとフランツィンにはもうそんなことはわからないし、気にもかけなかった、家畜市場の時が止まったことも、毎年恒例の市場やクリスマス市の時が止まったことも、日曜の午前と毎晩の散歩の時間が奪われたことも、もはや政党が森の遠出、ビンゴゲームと牢屋と射撃場と結びついた遠出をやめたことも。仮装大会や舞踏会や農夫の馬乗りは過去のものになったことも、仮面パーティー、物語の登場人物たちがねり歩くパレード、謝肉祭のバッカスの冬のパレードはもう行われないことも、町で一番きれいに飾られた窓を競うコンテストの団体が解散したことも、もう五つの劇場は閉じられ、ふたつあった映画館もひとつしかやっていないことも。過ぎ去ったのは、午後四時に男女の子どもたち、そのあとに男女の若者がソコルのアカデミーと夏の運動場に飛び出してくる時もだった、男と女が練習する夕べの時も過ぎ去った、もはや町では交響楽団や合唱団をまとめる人はだれもいなくなり、町の公園をそぞろ歩きする年金生活者たちも追い払われ、晩に川沿いや林を散歩する恋人たちの時間も消え、卒業生に贈るリースの時間も止まり、もはや酒場でばくちなんかやっているとこはひとつもなくなり、ホステスがいるところもひとつもなくなり、午後四時に手伝いがレバーソーセージとウィンナーを酒場に届けると、マリッジをしていた男たちがカードを置き、二本のウィンナーとパンを買う、町の名物のレバーソーセージやウィンナーの時も去り、大工さんや麦芽職人が作業中に鼻歌を歌うような時も去り、窓から手回しオルゴールの音が流れてくることもなくなり、時計の針の流れに逆らい、古い時代と結びついたものはことごとく眠りにつくか、あるいは食べ物をのどにつまらせたみたいに、窒息してだんだん死んでいき、古い時代は、毒入りリンゴをかじったまま、王子様が迎えに来なかったいばら姫みたいに止まった。王子様は来られもしなかったんだ、そもそも古い社会はもう、どだい力も勇気も持っていなかったから、そして古いものにならなんでもおかまいなしにこぶしをふり上げる大きなポスターと大きな会議の時代がやってきて、古い時代を生きてきた者たちは、家で静かに思い出に生きることになった……。やがてポンプの音、ポンプの腕が休みなく鋳鉄の喉に当たる音が父さんのカンにさわるようになり、父さんはおじさんのこともだけど自分も哀れになってきた、こうしておじさんがくんだ二百リットルもの水を夜にひそかに捨てるってことが、自分がしてきたことを象徴しているみたいに思えたから……。そこでおじさんの体を動かせるため、つまり生きさせるための代わりというより、もっと静かな方法として、ホワイトのタイヤのでかいチューブを二つ抜いてきて、毎朝バルブにポンプを差した、おじさんは午前中えんえんとチューブに空気を入れた、するとタイヤはゆっくりと動き、だんだん体を起こし、ジャンピングジャックみたいにしゃきんと伸びた、あのおもちゃ、こどもがひもを下に引っ張ると手足がポンと上がる人形みたいに……。そしてペピンおじさんは、心臓も肺も問題なけりゃ、煙草も吸ったことがなかったから、もくもくとポンプを押し続け、タイヤとチューブを手で触ってみて父さんにも触らせようとしたけれど、父さんは小さな金づちでぽんぽんと叩くとおじさんをほめて、おじさんはポンプを押し続けた、午後にはもうひとつのチューブに空気を入れた……そして晩になると、おじさんが台所に座ってジャガイモを食べている間に、あくる日もたっぷり体を動かしてもらうために、父さんはタイヤの空気を二つとも抜いた。樽から水が流れ出ていく音を聞くたびに、タイヤから最初はいきおいよく空気が飛び出して、だんだん弱くなっていく音を聞くたびに、自分の人生も兄の人生も、というか人というものの人生は、チューブや樽でやっていることと変わんないな、という気がしてならなかった、そして青ざめ、しばらく生気を失い、台所に戻ってくると、ぶるっとした、ちょうどオンドリをしめなきゃならなくて、しめたときみたいに、それからうさぎをしめるのに、まずこぶしで気絶させてから首をかき切らなきゃならなくて、かき切ったときみたいに。ペピンおじさんは一晩中、食器棚のそばに座ったままじっと動かず、そのうしろにはおいぼれネコのツェレスティン、おじさんの顔みたいに、時間にあちこちかじられたオスネコが丸くなっていた、若いころは、バラかぼたんの花の下でしか眠らず、こいつだけがこのかいわいのメスネコを片っ端からモノにして、こいつだけが二週間も家に戻ってこなくて、帰ってくると、通り全体にひびく声をあげたのに。「道を開けよ、家に戻るぞ！　さっさとお前らが持ってるもんで一番いいもんを持ってこい……！」で、げんにそういうものを手にしていた、それもペピンおじさんみたいに長い間。それに体に触らせなかった、なでたりしようものなら、まっすぐに飛びかかってきて、オーストリアの兵隊みたいに必ず勝った、父さんがほうきで叱ったら、父さんの背中にまで飛びかかってきたくらいだ。数々のけんかでツェレスティンの顔はもう引っかき傷だらけで、夜歩き回って朝に起き、洗濯場やボイラー室、氷室《ひむろ》、下水道のつらい作業で傷みたいなしわが刻まれているおじさんの顔みたいだった。そのふたりが今やいっしょに座り、ペピンおじさんはオスネコの頭をさわろうとして、静かに言った。「お前、ここにいるのか？」するとオスネコはごろごろとのどを鳴らし、予知者の肩のふくろうみたいに、後ろにぴたりとよりそった、オスネコはこの上なく幸せで、それはおじさんもだった。毎晩こうしてただいっしょにすわり、ふたりだけで語り合い、ほかのだれともも う話さなかった。そしてそれからだった、ツェレスティンの頭が探り当てられないことが二度続いた。おじさんは「ここにいるのか?」と二度問いかけたけれど、うなり声は返ってこなかった。ペピンおじさんはまったく歩かなくなり、もはや寝床から起き上がることはなかった、ネコは家で死なないというとおり、おいぼれネコのツェレスティンがもう家に戻ってこなかったみたいに。

11

老人ホームは美しい館にある。時の止まった小さな町を抜け、菩提樹の並木道を歩きだしても、まだ館は見えてこない、小さな丘をひたすら歩いていると、平らな土地だから、小さな丘でも冬場にはちゃんとそり滑りができそうな山に見える。やがて道ぞいに門番の入り口が現れる、花が咲いて、みつばちがぶんぶんうなっている菩提樹の木に隠れている、するといきなり門からベージュ色の修道院が見えるんだ。はるか昔、ここにはドミニコ会の修道士がいて、学問のほかに彼らの趣味であり務めでもあったのが、植物園の世話だった。だけどヨーゼフ二世の時代に修道院の時代が終わると、ドミニコ修道会も解散して修道院は捨て置かれ、植物園はほったらかしにされた。手入れをしないと生きられない草木や花がまず死んで、まわりになじんだ低木や花だけが生き残った。生きのびたのはわずかな草花だったけれど、この草花たちは見捨てられた庭で生き続けただけじゃなくて、風に吹かれると、柵の向こうの一帯に実や種を飛ばした、だから植物園が閉まってから二百年たった今も、ここらには、種が柵を越えて地域にとけこんだ植物の子孫の、変わった花や低木が生えていた。そもそもぼくらの地方では、新しい別の時代になじんで溶け込むことが、習わしみたいなものだった。マリア・テレジアの時代には、ここらのどの村にもどの農場にもドイツ人の百姓が住んでいたけれど、時がたつと、ドイツ人はなじんだどころか、あの庭園の花みたいに、ここらの土地や言葉にすっかりとけこんで、ドイツ人らしさなんてかけらもなくなって、ドイツ風の名前だけが残ったけれど、彼らはチェコ語を話すし、自分をチェコ人だと思っていた。父さんは中庭を通って植物園に足を踏み入れた、かつての修道院と館を結ぶ渡り廊下から、チロルやスイスの農家やホテルの絵で見かけるような赤いゼラニウムの綿毛が垂れている、ひなたのベンチにはおじいさん、おばあさんがすわり、なんだかそろって晴れがましい顔をしている、面会の時間で、どの年金生活者も、娘か息子、少なくとも誰か知ってる人が訪ねてくると思いこんでいるんだ。面会者なんて来ないのかもしれないし、一度も来たこともないのかもしれない、でも誰でも年を取れば身内や友だちがいるものだから、来るかもしれないわけだ。父さんは足を止めてお年寄りたちを眺め、自分と比べてみて、大して変わらない年配であるのに気付いた、中には父さんより若い人もいた、でもこの人たちから見たら、父さんは若いんだ、父さんは外から来た人で、外の人なら若くて自分のことは自分でできるから。そして自分のことができて、周りに迷惑をかけないですむということは、この時の止まった人たちにとってすべてだった。父さんはアロイス・シスレル社のロゴ入りの大きな袋を下げて立ち止まったまま、なにか音を捉えて耳をすました、音やトーンや出来事のほんのかすかな兆しからカタストロフィを聞きとるのを人生から学び、慣れていたものだから、遠くで流れている音楽に気付いたんだ、音楽はどこか一か所で鳴ってるんじゃなくて、何か所かでいっせいに鳴っていた。どこだろう、辺りを見渡すと、窓がいくつか開いていてカーテンが揺れているのが見えたけれど、このオーケストラは静かなバイオリンの曲を奏でていて、正門に近づいてゆくとだんだん音が大きくなり、やがて聞こえるだけじゃなくて、アーケードや廊下、さらに鳥のエサ箱みたいに木の上に小さな有線ラジオがかかっているのが見えてきた、ラジオには雨が降っても雪が降ってもずっと音楽が流れるように、雨よけのビニールシートがかかっていて、流れているのはずっと甘ったるい標題音楽のインテルメッツォ、「道化師の百万」で、それは誰かを待つ年金生活者の晴れがましい、感傷的な気分をあおり、お年寄りたちは杖によりかかったり、手をひざの上で組んだり、腕組みをしたりしながら、日よけのために目深《まぶか》にかぶった帽子の下から、待ち人が来ないか、正門にすばしこく目を走らせていた。でももし誰かがやってきても、そんなに喜ばなかったかもしれない。肝心なのはこの待っているひととき、まだかと思っているひとときであって、幼子イエスがクリスマスツリーにやってきてベルが鳴る前の子どもみたいにいられることであって、ミクラーシュか聖バルボラがお皿や靴下にプレゼントを置いていっていないか、子どもがドキドキしながら窓を見に行くときみたいにいられることであって、こうしてありがたいことに待ち望んでいられれば、面会日はじゅうぶんに満たされるわけだから。すると何人かの年金生活者が父さんだと気づいて立ちあがった、それは昔、土曜日から夜通し日曜日の午前中まで父さんとオリオンを分解した人たち、その後二度と手伝おうとしなかった人たち、父さんと出くわすんじゃないかとびくびくしていた人たち、父さんが近づいてくると分解をいやがって地下室に逃げ込んだ人たちだった……その人たちが今日は立ち上がって自分から近づいてきて父さんに手を差し出す、分解ならなんでもいい、分解をしないかと声をかけてくれると思ったんだ、でも父さんは、もう分解は終わりました、何もかも終わったんです、と手ぶりで示した……。そして五回ももう「道化師の百万」を聞いた父さんは、ひんやりしたバロック式の白い廊下に足を踏み入れ、広い階段を上っていくと、また「道化師の百万」に出迎えられた。二階には花でいっぱいの廊下が伸びていて、ゼラニウム、ペチュニア、キンギョソウ、シノブボウキといった花が花台から垂れていた。ちょうど、張り出し棚のボックスから弦楽オーケストラが流れ出て、音楽の糸の突風でふくらみながら花糸とカラフルな飾り頭文字をほどいているみたいに。半開きのドアから騎士の間《ま》をのぞいてみると、ほらまた、この共同食堂のどのテーブルにも、カラフルな花の茎がにゅっと突き出た植木鉢や花びんがきらめいている、そしてほらまた、壁一面のゴブラン織りでは騎士たちが戦っているのに、ボックスからは飽きることなく貧しい年金生活者たちの間に「道化師の百万」が流れている。ふと女の人の桃色の手がふれ、父さんがふり返ると、メガネをかけた優しい顔つきの太ったシスターが立っていた、メガネの縁が鼻と顔に食い込み、桃色の太い首にも糊の効いた白いえりが食い込み、鳩みたいに跡が付いている。父さんは兄のペピンおじさんを探していると言った。するとシスターは窓の方、テーブルと椅子が四つも収まりそうな広い壁面のくぼみへ父さんを案内し、窓の外を見やって嬉しそうに言った、ペピンおじさんはもう間もなく、みんなより先にこの世を去るでしょう、あと二週間もこの世にはいないでしょう、おじさんはすぐに倒れてしまうので、寝たきりの人たちの棟に移すように命じたところです、と。さらに目を輝かせて付け加えた、ペピンおじいちゃんに身寄りがいるなら、お別れを言いに来てください、もう長くはないから、面会に来るのはいつでも何時でもかまいません、おじさんの時は満ちたのです、と。そしてあまり嬉しそうに、幸せそうな口ぶりで話すものだから、ふと父さんは、いつか周りに面倒をかけるだけになったら、こんなシスターと残された日々を暮らしたいもんだ、と思った。こうして父さんは袋を握りしめ、というより袋につかまって中に入った、老人ホームに面会にやってくる人の大半が、まるで安全ベルトみたいに、ぎこちなく帽子のつばに手をやって入ってくるみたいに。歩けない人たちの棟には深く影が差していて、大きな窓の向うの外では、のっぽの木々から木漏れ日が輝き、なんだか鋭い反射鏡で下から光が当たっているみたいだった、窓は輝く葉っぱに覆われ、葉っぱのはためく、ぱたぱた、ざわざわそよぐ音が窓や壁ごしに聞こえ、まるで外には木だけじゃなくて滝か噴水でもあるんじゃないかと思うくらいだった。部屋の暗さと窓のまぶしさに目が慣れてくると、シスターがベッドの頭の方に立っているのが見えた。ベッドには、ちっちゃな、子どもみたいにちいさな人が寝ていた、手を頭の後ろで組んで天井をじっと見つめている、その目はもう誰も待っていない、もう何も楽しみにしていない、もうほぼ時が止まっている。ペピンおじさんだった。シスターがかがんでまるで子どもを抱きおこすみたいにおじさんの腰に手をまわした、そのくらいおじさんは軽くて、まるで少女が乳母車から人形を抱きおこしているみたいだった。「おじいちゃん」シスターが呼びかけた。「面会ですよ」そしておじさんの足を出すと、その足は石灰水にひたしていたみたいに白かった。そして気がついた父さんはぞっとして嫌な気分になったんだけれど、まぁ、元気な人なら誰でもそう感じることだけど、おじさんは赤んぼみたいにおしめ、おむつをしていた。シスターはおむつをはずすと楽しげに言った。「おしっこしていないか見ましょうね」そして付け加えた。「おじいちゃん、蓄音器はどう？」でもペピンおじさんは何も言わずに天井を見すえたままで、その目は色あせたニワトコみたいに、ふたつの凍りついた忘れな草みたいに青かった。するとシスターは蓄音器というか、小さなテーブルみたいなのを引っ張り寄せてふたを開け、そのおまるのついた椅子におじさんを座らせた、するとおじさんは像が倒れるみたいにぱたんと倒れてしまい、父さんが支えてやるとおじさんの足が目に入った、青くて、足の裏の白い皮がむけている。おじさんは裸で、腰のまわりにタオルを一枚引っかけただけで座っていた、イバラの冠をかぶったキリストみたいに座っていた。と、やおら父さんがうめき声をあげた、長くうなり声をあげた、そしてコートに絞めつけられていたものをぜんぶ、ボタンがちぎれるくらい、発散させた。そして袋を開け、寝たきり患者の病棟の暗がりの中に、錨《いかり》が付いてハンブルク―ブレーメンと文字の入った船長の白い帽子を取り出した……父さんは帽子をおじさんの目の前にぶらさげた、だけどおじさんは視線を向けただけで、その目は帽子をすどおりしててんで別の方を見ていて、水兵帽は映っていなくて、おじさんは止まった時の芯そのものを見すえていた。「シスレルのだんなが兄貴にぬってくれたものじゃないか」父さんはつぶやいて帽子をおじさんの頭に乗せ、また言った。「寸法を取って作ったよな……」だけど帽子は耳の辺りまでずり落ちた、すっかりやせこけて頭のサイズも何号か縮んでしまったんだ。シスターが困ったように言った。「ちっとも食べてくれないんです」そしておじさんのベッドを整え、父さんは周りのベッドを見渡した、みんな、待ち望んでいた面会人を見るような目つきで父さんを見ている、どの人の目にも面会を待ち望んでいるのが見て取れた、でも誰もやってこないし、誰も来ることはない、もしくはもう出ていってしまったんだ。窓際におじいさんが立っていて、おびえた様子で金切り声をあげた。「おお、やだやだ、九十六にもなってまだ死なん、まだ死なん、おお、やだやだ、ついとらん、心臓も肺もしっかりしとる、むごいこった、なあ？」と父さんの視線に向けて頭をふって見せた。父さんは思い知った、ここの人はペピンおじさんのことをなんにも知らない、美しいお嬢さんたちのことも、ダンスのことも、おじさんがぶらぶら歩き回ったことも、この帽子をかぶって殿様か王様みたいに町に行くと、みんなが窓を開けたことも、逆に、父さんの前ではみんな窓を閉じて門にカギをかけて、逃げだしたことも。ペピンおじさんはみんなの時間を満たしてくれるのに、父さんは貴重な時間をとりあげちゃうからだ。そのとき父さんはぎくりとして、あのおそろしい腹下しの音、歩ける人、生きている人なら誰だっておぞましく感じるあの音に身構えた、そしてシスターに聞こえてしまう、と首をすくめた、けれどもシスターにとってこんなことはぜんぶ人間としてあたりまえのことで、子どももやる大したことじゃあなかった。なぜなら腹下しは彼女の信仰がもたらす輝きを奪えないから、なぜならいつか彼女の日が満ちたら、こうしたことぜんぶのおかげで、神の輝きそのものを拝めることになるから。もっともシスターはもうその輝きを見ていて、それを自分の目に抑えこんだりしないで、信者の目に神のお慈悲がどんなに光っているかを、みんな、つまり父さんにも味わわせていた。父さんがさらに他のベッドを見渡すと、おじさんの隣にマヒした人が寝ていて、手の代わりに、古いブドウのツルの節みたいな、手の基部を体に巻きつけていた。この人はしょっちゅう腹がへるらしく、サイドテーブルにパンと紅茶の入ったお椀が置いてあり、マヒした犬みたいに顔ごと近づけてパンをくわえたり、紅茶をぺろぺろなめたりしていた、窓のそばのベッドは、恐らく寝たきりの人でも庭が眺められるように、厚板で底を上げてあり、メガネの若い男が座って、軽やかに指のかぎ針を動かしていた、男は外を眺めながら大きなカーテンを編んでいて、それはもう自分の毛布と同じくらいの長さになって、床につきそうだった、カーテンには鳥や葉や小枝が刺繍されていて、その歩けない人は、楽譜を見てチターを弾くように、しばらく外のはためきながらさわさわ音をたてる葉を眺めてから、目にしたものを編んでいた。「もう、いいわね」シスターはそう言うと、ペピンおじさんを抱きかかえて拭き、父さんは床に落ちた水兵帽を拾いあげて顔をそむけ、聞こえてくる紙の音で、おじさんをきれいにするのが終わるのを待った、こらえられなかった、見てなんかいられなかった、老いても自分のことができて他人の世話にならずにすむことがなんて恵まれたことだろうとつくづく思った。ペピンおじさんはもうベッドに横になり、また天井に目を向けた。父さんはベッドの端に座り、シスターは窓にシルエットを映し出し、若者がカーテンを編んでいるのを眺めていた。するとつぜん、ペピンおじさんが手探りで父さんの手、工具やスパナでがさがさになった父さんの手を探り当て、甲をなで、タコをさすり、それから父さんに視線を移した、父さんはしゃくりあげ、もはやおじさんが、止まってしまった時から、人の場所でない最果てのどこかから父さんを眺めていることに気づき、嗚咽《おえつ》をこらえた。それからおじさんはまたあおむけに寝ると、片手を頭の後ろに投げ出し、もう一方の手をおでこの上で丸めて、またまばたきひとつせずに、しのびよってくる冷たい空間を見つめた。「ヨシュコ、何を考えてる?」父さんが聞いた。シスターが顔を寄せ、ペピンおじさんに耳を澄まし、おじさんの紫色の口元を見つめた。「あの愛はどうなる?」おじさんがつぶやいた。「なんだって?」父さんが聞き耳を立てた。「あの愛はどうなる?」おじさんは繰り返したけれど、シスターが父さんのそでに軽く触れて優しげにうなづくと、父さんはわかった、と体を起こし、帽子を取って頭に乗せた、けれどもシスターがその帽子を取って父さんの手に戻し、静かに部屋を出ていって、父さんも後に続いた。館の背の高い扉を閉める寸前、そのすきまから、若い男がメガネの奥の目をさっと父さんに走らせ、メガネがカギ針みたいに光ったのが見えた。廊下ではまた壁のラジオから「道化師の百万」が流れていて、騎士の間《ま》の開いたドアからはスープやソースの香りがただよい、年金生活者のある者は杖をついて、ある者は杖なしで食堂に入っていった、そこはもうはるか昔にドミニコ派や貴族の時が止まり、お年寄りたちの時間と交代し、お年寄りたちは、花に囲まれ、遠くに音楽が聞こえる中で残りの日々を送っていた。父さんが公園を出ると、もはやベンチには一人もいなくなっていて、ひなたぼっこをしている人もひとりもいなかった、もはや誰も面会者は来ない、そしてまた食事の時間、おひるの時間で、それからお昼寝の時間がくるんだ。父さんは水兵帽を頭に乗せ、もう一度ていねいにかぶりなおして、帽子の黒いひさしで影のできた周りの世界を目にすると、いい気分になった、そして背筋全体を伸ばし、ゆっくりと伸ばし、軍隊みたいにまっすぐに体をのばして堂々と歩きだした、門を出るとき、そこでは頭のおかしいおじいさんが門番をしていたけれど、父さんが敬礼すると、おじいさんはかかとを鳴らして敬礼し、正門をめいっぱい開け、父さんに頭を下げた、父さんは五コルナを握らせて言った。「ビールでも飲んで下さい」そして並木道を下り、ひなたと菩提樹の木陰をかわるがわる踏んで歩いていった。古い墓地にさしかかったとき、ふと足をとめた。見ると、この古い墓地にも、つるはし、滑車、ジャッキ、くぎ抜きなどを持った人々が駆り出されていた。ここも時が止まっただけじゃ、すまされなかったんだ。ほぼぜんぶの碑が地面から掘り返され、ほぼぜんぶの墓標、墓石があけられ、文字を刻んだ碑が、まるで重いビール樽みたいに、橋げたや板を伝ってトラックの荷台に鎖でひっぱりあげられ、二百年以上も住所や家族構成や享年やお気に入りの詩を伝えてきたこれらの碑、石に刻まれたものはぜんぶ、今や砥石車やたがねで古い時代の人たちの名が消された別の町に運ばれるのだった。そして碑といっしょに古い糸杉やネズコ、クロベ、ニワトコの低木、根っこといっしょに棺の残骸や骨のかけらも土からえぐられていく。父さんはただ見守った、この墓地の取り壊し作業をしているのが新しい人たちじゃなく、彼らはきっとやれと言っただけで、働いているのは時の止まった町に父さんが引っ越してきた時から知っている人たちであるのを。それからさらに少しの間、墓石が抗い、キャタピラ・トラクターまで持ち込まなきゃならなくなり、鎖が切れるのを見て、父さんはほほえましく思ったけれど、ついにはえぐり取られた、古い時代はえぐり取られなければならなかったんだ、そこで父さんは歩きだしながら碑を眺め、文字を見、文字を読み、ほんとうに自分の時も死んだんだと悟った、ペピンおじさんの時といっしょにじゃなく、この墓地の時といっしょに、そして見てよかったと思った。こうして土から、フランチシェク・フリーク、漁師の通称よたじい、チェルヴィンカ、通称パラソル、止まり木のチェルヴィンカ、びっこのチェルヴィンカ、巻き毛のウェーブ・チェルヴィンカ、フラーダ・チェルヴィンカ、けちのチェルヴィンカ、大した破産者のチェルヴィンカ、タバコのチェルヴィンカ、切り刻むチェルヴィンカ、汗をおかきになったチェルヴィンカの大小の墓石がひっくり返されるのを見、キャタピラ・トラクターの上にもうドゥカート銀貨のドラバチュ、ぶたのドラバチュ、しらみのドラバチュ、伯爵ドラバチュ、でかケツのドラバチュの碑が積んであるのを見、別の車におめかしヴォタヴァ、音楽家のヴォタヴァ、むなしいヴォタヴァ、そしてその隣にヴォハーンカ・レーデラー、ヴォハーンカ・ラウドンのがあるのを見た。そして墓地の門に止まったまま、ぬかるみにはまって動けなくなっていたトラックには、角の生えたゼドリフとブビー・ゼドリフ、ロビンソン・プロハースカの墓石、その隣には、お下げを持ってて、と呼ばれたトゥビツォヴァーお嬢さんの墓石、それから時の止まった町でもうひとつ名前、あだ名を持っていた人たちの墓石が積んであった。これでいいんだ、父さんはつぶやいた、なんだって始まりに戻るんだ、ほんとうに時が止まってほんとうに新しい時が始まったのが、今では見える、でも俺には古い時への鍵しかなく、新しい時からは拒まれた、新しい時代ではもう生きられん、もはや死んじまった古い時代の人間だから。物思いにふけりながら父さんは橋にさしかかり、町はずれに立つベージュ色のビール醸造所が見えてくると、川に身を乗り出して水の流れを眺めた。そして水兵帽、ペピンおじさんの栄光の帽子を脱いだ、水兵帽はおじさんだけじゃなくて父さんの古き良き時代も象徴しているみたいだった。父さんは帽子を風にかざすと、太陽に向かって空中にほうりなげた、帽子は空を滑って川面に落ち、流れに運ばれた、最後の瞬間まで父さんは、ラベ川の流れに運ばれる帽子を見つめていた、水兵帽はなかなか沈まず、まるでいつまでも沈まないような気がした、沈むことなんてないさ、よしんば沈んだって、明るい思い出になっていつまでも輝き続けるんだ。家に帰ると、母さんが言った。「いましがた知らせが届いたの、ペピンおじさんが亡くなったそうよ」すると父さんはにっこりほほえんでうなずいた。「うん」父さんは言った。「分かってる」

この『小さな町』を執筆したのは一九七三年の早春、病に苦しんでいた時期である、当時私は、二人の兄弟の物語の鍵を持っているのは自分しかいない、もし私が死んだりしたら、誰かが引き継いで完結してくれるように、この歴史をスケッチしておけるのも自分しかいない、とばかげたことを考えていた。そして発病する一年前、レトナー墓地にカメラマンを呼び、黒い墓石を背景に肖像写真を撮ってくれるよう、それからまた同じ場所で、腰まで棺桶に浸かった姿勢で撮ってくれるよう、そして最後に私が地面にすっかり隠れてしまったように黒い十字架だけを撮ってくれるように頼んだ。当時私は、白いベッドに寝かされることになるのではという予感がし、げんにそうなったのだが、ベッドに寝かされ、少々危なくなり、あの世に行くことになるのではと思ったとき、また『時の止まった小さな町』のことが頭をよぎり、私はこの原稿を取ってきてもらい、毎朝、削りに削った、自分しかこの小さな町の鍵を持っていないのだとばかげたことを考えながら。つまりこの話はふたたび『英国王』のように、手遅れになっては、という焦燥感から、自然に湧き起こるままに任せて書き、『英国王』のように、ただ原稿を削っていったものである。しかし思うに、（私の体調の方は落ち着き、回復しつつあり、この世を見渡し始めているところである）次回はもはやケルスコの森を小さな町のすぐ隣に持ってきても構わないだろうし、登場人物たちが愛する林や美しい伐採地に散歩がてら足を延ばせるようにしても、かまやしないだろう。それにもはや、『小さな町』の登場人物たちが森の入口まで歩いて行けるよう、必要ならどの地方にも、どんな緑の建物にも歩いて行けるよう、ただそれだけのために、小さな町を想像のトレーラーに乗せて十五キロほど西に移したことも、まったく問題ではあるまい。ピーテル・ブリューゲルが祖国の低地の景色や町の真後ろにアルプスを描けるのなら、なぜ私だって同じハサミを使い、周りの景色、周りの人々から物語にちょうど合うものだけを切り取り、それだけでなく、自分の最もよく見る最も好きな夢だけを頭の中から切り出したりできないだろう。痛みの和らいだ今、またもやばかげたことを考える、いくつかの出来事に私は鍵を持っている、したがってそれについて書いてみるかどうかは、ただただ自分次第なのだと。そして何を、何について書くかが分かっているだけでない、一番重要なのは、次回、どうやって書くかということではないかという気がしている。また、病は飛行機で飛んできたが、徒歩で去っていくものだから、体はまだ弱っているが、自分のために力強い見通しを立てようと思う、私の次の本、『恋』は、マティスの「豪奢、静寂、逸楽」の絵の意味での柔らかい感覚的ダイナミズムに乗り、この話は光と空間の輝く色素で満たされるだろう。その次の文章の題名は『森の驚き』となり、ムンクの抒情的な表現の意味での恐怖とストレスと、適合の空しさに満ちるだろう。もう何年も考えてきたことであるが、この文章では、ジャクソン・ポロックが行ったように、写実的なスケッチから徐々に形を崩して最終的にジェスチュラル・ペインティングの本質にたどり着くことを試してみるつもりである。まぶしい青空に消えてしまうほど高くバーを上げよう。なぜなら、意識と無意識、活力と実存性をつなぐため、外面や内面モデルという対象をなくすために、これから取り組むことのためには、ジャンプが必要であり、そしてこの病、私がカレル広場で味わったこの大学、恐らくこれだけが、情緒性の重力場へ頭から飛びこむための踏み切り板を準備できるからである。上へ、つまりいまだないものへ向かって。

ヌィンブルク紀行——訳者あとがきにかえて

「『小さな町』の舞台がどうしても見たくなってヌィンブルクに行ってきました。醸造所のビール、おいしかったですよ」と少々胸を張って編集者さんにお話ししてみたところ、「そうですか！　それではヌィンブルクについて書いてみるのもいいですね」と思いがけないお返事を頂いた。そういえば、日本の方々にぜひこの小さな町を紹介してくださいね、と醸造所の所長さんからも頼まれていたっけ……それならば、ということでもう少々おつきあいいただいて、本書の舞台にみなさんをご案内したい。

ヌィンブルクは、首都プラハから東に四十五キロ、ラベ川のほとりにたたずむ人口一万人ちょっとの町。著者フラバルがその少年時代、青春時代のほとんどをすごした地である。一九一九年、第一次世界大戦が終わってまもなく、フラバル一家は、父フランツィンがヌィンブルク醸造所の会計士に就任したのにともない、モラヴィア地方から移り住んできた。ときにボフミル少年は五歳。以来、フラバルはプラハに完全に居を移すまでこの地に三十余年暮らし、ヌィンブルクは作家にとってかけがえのないふるさとになった。そして後年、この地にて父フランツィン、ペピンおじさん、母マリシュカ、と最愛の人々がその生涯を閉じると、あとがきにあるように、作家は自分しか持っていない鍵で遠い記憶の扉を開ける。そしてなつかしい思い出があふれ出てくるままに、ときにノスタルジックに、ときに大げさに、自在にはばたかせ、それを一気につづったのが、作家自身が「大きな子どものための作品」と呼んだ本書である。

さて、私がチェコに飛んだのはまだ寒さのきびしい三月末。プラハ本駅から一時間ほどのんびり列車にゆられ、そろそろかなと窓の外を見やると、田園風景にぽつんと立つ小さな駅を過ぎる。コストムラティ。スズメの団体が列車に乗り込んできた村だ。フラバルが戦時中に操車員として働き、『厳重に監視された列車』の舞台になった駅でもある。するとまもなくヌィンブルク中央駅に到着のアナウンス。思ったより多くの客が下りるが、ほとんどがプラハから帰ってきた地元の人々のようだ。駅は町の中心から離れている。まずは中心地の広場をめざして、平日の午前中の人影もまばらな大通りを歩く。ショーウィンドーを眺めながら歩いていると、どこからか町の放送のようなものが耳に飛び込んできた。「本日はわがヌィンブルクバスケットボールチームの試合日です。みなさん、応援よろしくお願いします」そう、実はヌィンブルクでスポーツといえば、まずバスケットボール。なにを隠そう、この小さな町のチームは現在チェコリーグを十一連覇中という絶対王者なのだ。十五分も歩くと防塁の小さな川の土手を越え、小ぶりの平屋がひしと肩を寄せ合う地域に入る。プラハでは見られない、小さな町ならではの景観。ヌィンブルクの町の中心は、二本の小川とラベ川沿いに伸びる塁壁で囲まれ、上から見ると見事に扇の形を成している。さて、広場につく。フラバルの時代はそぞろ散策をする人々でにぎわっていたであろう社交場。とつぜん、こののどかな空気をつきやぶるように、広場を囲む道路を猛然と車がかけぬけていった。あっけにとられたが、どうも幹線道路のひとつになっているらしい。そうか、ここを書店主のフクスさんがあの自慢のランチアを乗り回したのだな、とにんまりする。広場に面して町役場の隣には観光案内所がある。ショーウィンドーをのぞくと、フラバルの関連書がずらりと並び、フラバルのイラスト入りのハガキやフラバルの猫のえんぴつといったオリジナル・グッズまで飾られている。猫の

ヌィンブルク中央駅

えんぴつがほしくなって中に入ると、ブロンドのかわいいお嬢さんが、樫の木でできたフラバルの像のベンチがあるから見ていくといいですよ、とアドバイスしてくれる。ところがなんとついていない。オフシーズンのため、今は隣の町役場の中にしまわれているのだそう。広場でのお披露目は来週なのだそうだ。ぜひ文豪と一緒に記念写真に収まりたかったのだが……。ともかく見物に行くと、役場の窓際に、フラバルがひざの上に猫を抱いて腰かけ、ほほえんでいた。その優しいまなざしに気を取り直し、一番の目的であるビール醸造所を目指す。

醸造所は小さな町の外れ、ラベ川を渡った向こう岸にある。広場から遠ざかるように町の外に向けて歩き、平屋建ての古く趣のある建物の並びが切れると、大きな空が開け、町を囲む赤レンガの堂々とした塁壁があらわれた。たのもしい父親のように、中世からこの町を守り、代々の人の営みを見守ってき

猫を抱いたフラバル像

た町の遺跡。そして塁壁の裏手には広大な母なるラベ川が流れている。チェコとポーランドの国境付近に水源を発し、ハンブルクから北海にそそぐ、ヨーロッパの大河らしい、おだやかでゆうゆうとした流れ。冬が終わったばかりだというのに、その広々としたほとりは一面美しい緑の芝生とクローバーにおおわれている。川に沿って醸造所に向かう方向と反対側には、メルヘンの世界のように、吸い込まれそうな緑の並木道が伸びている。これがあのペピンおじさんの老人ホームに続く道だろうか……。今日はあいにく、青空がかいま見えたかと思うと氷が降ってくるような荒れ模様ゆえ、ひとっこひとり歩いていないが、晴れていたらさぞかしすばらしい散歩道であるにちがいない。フラバルもここに足を向けては、インスピレーションを得、創作を練った。作家は『宿題』でこう記している。「ラベ川沿いのピースティからコヴァニツェまでの道は私にとって世界で最も美しい道です。ここに来ると青春時代や少年時代の自分に出会えるのです。ここで空想をめぐらし、幸せにひたる。生まれはブルノだけれども、ここが私の生まれ故郷であり、川沿いを散歩する魅力にひたり、ここで私は美しい歳月を送りました……プラハにいるとラベ川沿いの町が恋しくなります。そうすると四十六コルナでリベニュからヌィンブルク中央駅までの切符を買い求めるのです」

この悪天候を、野良犬だろうか、大きな犬が一頭、嬉しそうに跳ねまわっている。草に隠れたかと思うと、ぽんと飛び上がり、近くに寄ってきたかと思うと、豆粒のように小さくなってしまう。気がつけば、ビール工場のある郊外側にわたる橋のふもとまで行ってしまった。橋の元に、ひときわ目立つ、壮麗な建物が目に入る。フラバルの通った小学校だ。作家の学校の思い出はよくない。

フラバルは回想している。先生方の話すことはほんとうに小さな子に聞かせるようなことで面白くなかった、だから退屈のあまり、他の生徒にちょっかいを出し、学校が終わると一目散に飛びだして橋の上を走り、遠くにベージュ色の醸造所が見えると、ようやく元気が戻ってきた、と。ヌィンブルク出身の年配の知人の言葉を思い出す。「今でこそ、ヌィンブルクはフラバルの一番の親友気どりでいるけれど、昔はね、学校は二年も落第するし、町の人は、彼のことを変わった人だと思っていましたよ」当時は周囲だけでなく自分自身も内にある類まれな才能に気がつかなかったのに違いない。フラバルが文学や哲学に目覚めるのは、カレル大学に入ったときからだ。

さて、ラベ川にかかった長い橋を渡る。遠目に見える醸造所の輪郭がはっきりしてくる。やっと橋が終わると、ふもとに飲み屋がある。するとこれが、ロイザさんが刺青を入れた「橋の下」亭だろうか、いや、「ジョフィーン」とある。ペピンおじさんがあのエキセントリックなダンスを踊った、ボビンカのバーだろうか。そもそもヌィンブルクは居酒屋が多い町。当時は、町の中心だけで二十数軒を数え、そのうちホステスが給仕をしてくれる酒場も四軒あり、むろんペピンおじさんは常連客だったという。本書のエピソードの多くは実際のできごとを下敷きにしているが、保護領総督ハイドリヒの暗殺後にお祝いのダンスをしたエピソードも、例外ではない。もちろん実際にはハイドリヒ事件の直後ではないが、戦時下の一九四二年、フランツィンは役所から「お兄さんにダンスをさせないようにしてください」という苦情の通達を受け取っている。

長い橋を渡りきると一気に景色が変わる。小さな平屋がひしめきあっていた町の中心とは対照的に、こちらは二十世紀に建てられた広々とした郊外の住宅街。広い道路が碁盤目状に走り、庭付きの一軒家が続く。そして橋から川沿いに十分も歩くとフラバル邸の標識が。ここが戦後、一九四八年に共産党が政権を握り、醸造所が国営化し、敷地内の住まいを追い出されたフラバル一家が新しい生活を始めた「お屋敷」だ。この家でフランツィン、マリシュカ、そしてペピンおじさんは死ぬまで暮らした。今は町の宿泊施設になっているという。ここまでくれば、醸造所はもう目と鼻の先だ。煙突が二本立っているのが見える。映画の『剃髪式』でマリシュカとペピンおじさんが煙突を上るシーンは、別の町で撮影されたものだが、醸造所の話では、低い方が実際に二人が上った煙突だそうだ。

　この醸造所の設立は十九世紀末の一八九五年。ラベ川の黄金地帯と呼ばれる豊穣な地域に位置するヌィンブルクは、中世からビールの醸造が盛んな土

現在は町の宿泊施設になっている、フラバル一家の「お屋敷」

地柄であったが、十九世紀、産業が発達し、都市化が進み、とりわけ鉄道が通って人口が急増すると、それまでの醸造所では追いつかなくなり、この醸造所が新たに建設された。ベージュがかった黄色の建物に大きくエンジ色で「ヌィンブルク醸造所」と描かれている。時おり麦芽の濃厚な香ばしい香りが風に乗って運ばれてくる。受付で見学を申し込み、きょろきょろすると、小さなビール販売窓口があり、簡単なトタン屋根の下にベンチが置かれている。吹きっさらしのバス停のベンチのようだ。強風の中、ビール腹の労働者風のおじいさんたちが数人そこに腰かけ、言葉を交わすで

ヌィンブルクのビール醸造所

マリシュカとペピンおじさんがのぼった煙突が見える

もなく、フラバルの作品名「剃髪式」を冠するビールをラッパ飲みしている。ほとんど飲めない口だが、せっかくだから、と私もひと瓶買い、おじいさんたちのまねをしてみる。チェコのビールは柔らかな口当たりのものが多い気がするが、私が買ったペピンビールはさわやかな風味……。そこに案内をしてくれる、ハンサムな麦芽職人、ヴァレンタさんが登場。ひとりなので申し訳なく、小さくなって案内をお願いする。大きな建物が二つ立っていて、手前が麦芽室だ。麦芽室の中に足を踏み入れると、大麦が厚さ十センチくらいに敷かれている。黄金のカーペットのようだ。広大な麦芽室の中で職人の方がたったひとり、機械で麦芽を均している。ペピンおじさんが叫んでいるような、がやがやした光景を勝手に思い描いていたのだが、思えばあの物語は半世紀以上も前の話なのだ。ほとんどの工程は今や自動化されているのだろう。ヴァレンタさんが大麦を湿らせて、それから乾燥させ、麦芽になるまでの工程を慣れた口調で説明してくれる。説明を聞きながら、フラバルが居住していたころに思いを馳せる。「台所と居間の窓の前には、とても大きな果樹園があって、ここではあらゆる種類の果物が麦芽室の方まで植わっていた……」とフラバルは、醸造所の創立九十五年にあたって寄せた文章、「私の醸造所」の中で回想しているが、そこではまたひとつひとつの工程についても思い出をつづっている。

「うちにペピンおじさんがやってきて、麦芽の製造工程で働いてくれたおかげで、脱穀場も知ることができたが、そこは最高にすばらしかった……発芽した大麦が香り、その中に寝そべると、いかに大麦が温かくて、どんなふうに芽を出すかを感じ取ることができた……。麦芽職人たちは、口ずさみながら作業し、私はおじさんたち職人の従業員部屋に入り浸り、麦芽職人たちがビールを窯で煮沸し、ニシンをつまみ、ビールを飲み、陽気になることができ、おじさんをだしに冗談を飛ばす様子を見つめた」ヴァレンタさんに勧められ、発芽した大麦を口に含んでみる。じわっと口に香りが広がる。

「じゃ、醸造室の棟に移りましょう」ヴァレンタさんが指で示す。「麦芽室と醸造室をつなぐ廊下は十九世紀に建物が建てられて以来、唯一、変わっていません。フラバルもペピンおじさんも当然、従業員部屋と職場の行き来にも、ここを通っていたのです」私も当時を想像しながらほこりっぽい木製の渡り廊下を渡る。その先は、醸造窯、そして鋼鉄製のタンクの部屋が続いている。ペピンおじさんがいたころは、もちろん、タンクは鋼鉄製ではなく、樫の木の樽だった。

「また別のときには、樽の中の汚れを除き、樹脂を塗って殺菌する様子を見た……ペピンおじさんもここで働いていた。ほかの人と同じようにエプロンをして。樽を持ち上げてひざに乗っけて、樽の中に熱い樹脂を注ぐ針の上にぶつけていた……彼らはスカーフを巻いている、ここはどこも寒かったからだ、壁の向こうには、四階建ての氷がそびえたっている……」今も底冷えする寒さは変わらない。このタンク室の室温は、二、三度に保たれている。するとヴァレンタさんが、これが保存のために添加物を加える前の一番おいしいビールですよ、と鋼鉄製のタンクからじかにビールを注いでくれる。ここでしか飲めないビールをありがたく味わいながら、フラバルの愛情が感じられる「私の醸造所」の結びを思い出す。「……醸造所で働く人々が今も、歌うだけでなく、陽気になれ、ユーモアのセンスを持っていることがわかりました。ペピンおじさんがここで働いていたころがそうであったように」

　それにしてもフラバルが「私にとってほんとうの父親だった」と慕い、のちに創作の大きなインスピレーションになったペピンおじさんは、フラバル家に現れたとたんに少年フラバルの心をつかんでしまったようだ。八〇年代半ばのインタビューではこう回想している。「私が十歳のとき、ペピンおじさんが訪ねてきてわがやに住み、食べ、醸造所で働いた、だから、家族みんながメリーゴーラウンドのようで、私たちがその周りをぐるぐる回らされる支柱、それがペピンおじさんだった。で、私たちはおじさんにいろいろ問いかけたが、中には実にばかばかしいものもあった、だから子どものころで覚えていることといえば、ペピンおじさんとおじさんが話してくれたことばかりで、もっと話を聞かせておくれと

麦芽職人ヴァレンタさんに「一番おいしい」ビールを注いでもらう

私たちがおじさんをせっつくものだから、ビール醸造所のうちはペピンおじさんの叫び声、私たちの笑い声、とんちんかんな会話、ある意味ダダイズム的な支離滅裂な会話がたえなかった……ペピンはまちがいなくチャップリン、ルピノ・レイン、フリゴみたいな人物だった」

工程の見学が終わると、はるばる地球の反対側からいらしたのですからね、所長にご紹介しましょう、とヴァレンタさん。事務棟に入ると暖房の温かさに包まれる。かじかんだ手に血がかよっていくのがわかる。所長という肩書から少々近寄りがたい人物を想像していたが、人懐こい笑顔のベナーク所長が迎えてくれた。フランツィンが第五代所長、ベナークさんは第十代所長だ。もちろん、ヌィンブルクっこのフラバルファン。昨年、フラバルに関する本を出されたそうで、日本でこの町の誇りが紹介されていることに大いに感激され、質問攻めにあった後、個人的な思い出を聞くと、「私らはせいぜい半年に一度しか会いませんでしたけど、会えば楽しくおしゃべりしてくれましたよ、ただ」ちょっと困ったように眉毛がハの字になり、「晩年はほとんどヌィンブルクに足を向けなかった」と打ち明けてくれた。晩年のフランツィン、ペピンおじさんのように、フラバルもまた新しいヌィンブルクには鍵を持っていなかったのだ。特に一九七五年に町の設立記念を祝うための委員会から除名されたあとは、一時期、この町に足を向けなかった。新しいヌィンブルクのことは新しい人が書けばよい、古いヌィンブルクはまぶたの下に残っている、と言って。

所長に礼を告げて別れ、門に向かうと、ほら、フラバルのプレートを見るのを忘れないで！　と後ろから声をかけられる。目線にないので通り過ぎてしまうところだったが、足元に作家フラバルがここに一九一九年から四七年まで暮らしたと書かれた記念板が。そこには晩年、フラバルが醸造所を訪れたときにつぶやいたというこんなモットーが彫られている。「記念板なんてほしくない。でも作るなら、犬がしょんべんする高さにしてくれ」

おじいさんたちはこの寒空の元、まだビールを飲んでいる。図書館への道を聞くと、この道沿いにまっすぐ行けばいい、昔は果樹園だった道だよ、と示してくれる。途中、冬季スタジアムの横を通る。六〇年代にスタジアムが建設されるまでは、代々のヌィンブルクっこが眠る墓地があったところだ。開発時に掘り返されてしまい、今残っているのは、かろうじて二つの碑だけだが……。

さて、図書館に寄ったのは、フラバル文学キャビネットという専用室があるからだ。ここには著書がそろっているほか、関連記事なども閲覧することができる。またここを拠点として、「ボフミル・フラバル読者クラブ」が会報誌「ヌィンブルクのパービテル」を発行している。閉館

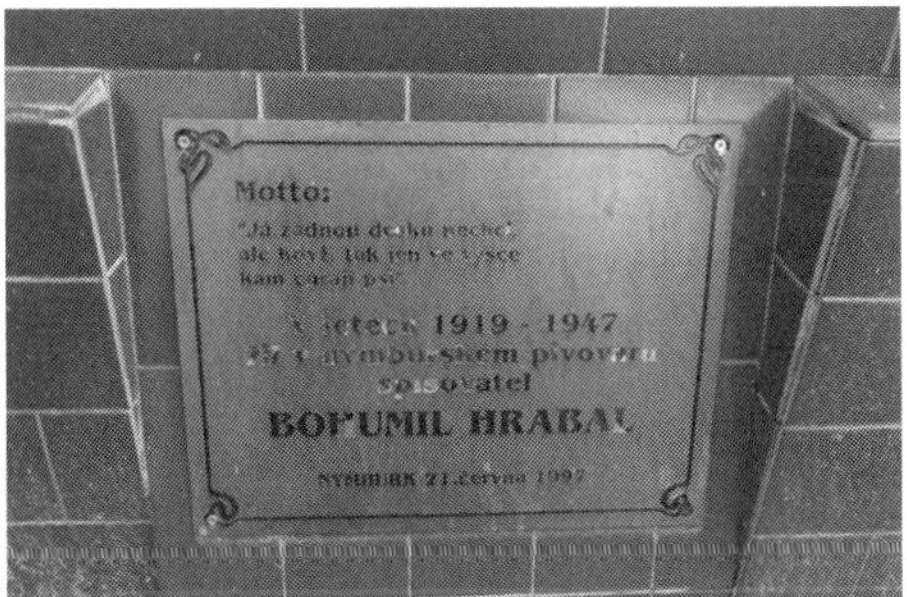

「犬がしょんべんする高さ」に付けられたフラバル記念板

まぎわだったので、親切な図書館員さんのお言葉に甘え、大急ぎでコピーを頼む。そしてお礼もそこそこに最後の目的地である博物館へかけこむ。敷居をくぐると、入ってすぐの部屋がフラバル博物館である。ここは弟スラーヴェクの妻、ダグマルさんの尽力でゆかりの品が寄贈され、開館された。足を踏み入れると、まず目に飛び込んでくるのがフラバル一家の経歴とともに、祖父母、両親、そしてペピンおじさん、愛妻ピプスィらの写真だ。お母さんは可愛らしく、育ての父であったフランツィンはニヒルで意外にカッコいい。小柄なペピンおじさんが、ぐいっと顔を上に向けた一枚が印象的だ。これが例の士官面して撮った写真だろうか。よく見ると、晩年のペピンおじさんがポンプを懸命に動かしている姿のスナップまである。そして毛皮帽、外套などゆかりの遺品で目につくのが、ペピン

フラバルが同級生と一緒に出かけた時の写真（中央で腰かけているのがフラバル）。なぜかペピンおじさんが左端に写りこんでいる。

おじさんの伝説の船乗りの帽子。シスレル商会の証明印付きだ。さらに入口近くでは、フラバルの書きもの机を見ることができる。愛用のタイプライター、その周りにビール、たばこ、灰皿、そしてフラバルの創作作業には書かせない、切り貼り用のはさみと糊にホチキスまできちんとそろっている。タイプライターには書きかけの原稿がはさまれている。まるでついさっきまでここでフラバルがキーを叩いていたかのように……。

博物館を外に出ると、先ほどまでの嵐が嘘のように夕日が差している。ラベ川が見たくなり、橋のところに戻ると、ほとりに、学校がひけて出てきた子どもたち、犬の散歩をする人たちがちらほら。散策する人々にフラバルの姿を重ね合わせ、今日出会った、いかにも田舎の小さな町の人らしい、親身なヌィン

ペピンおじさんと、「伝説」の帽子

ブルクっこたちを思い出す。ラベ川を眺めながら、スマートフォンのラジオをつけると、地元の詩人のインタビューが流れてきた。「犬一匹死んだってニュースになる小さな町ですがね、今でもここにはフラバルが『時の止まった小さな町』で描いたたたずまいが残っているのですよ」

以上、本書および「フラバル・コレクション」の前作『剃髪式』の舞台となったヌィンブルクの町を駆け足で巡ってきたが、最後に本書の文体について少々触れておきたい。『剃髪式』では、作家の母マリシュカ（をモデルとした登場人物）が語り手を務めたが、その後日談を描く本作では、マリシュカの子ども、つまり少年時代のフラバルが語り手となっている。その設定のため、本書の原文は子どもらしい言い回しや語彙が多く使われている。ただ、全体を通じて子どもの声で統一されているかというとそ

愛用の品々が並ぶフラバルの書きもの机

うでもなく、ときおり、大人の（執筆当時のフラバルの、と言ってよいだろうか）語りがあらわれる（後半はその傾向が顕著に出てくる。また厳密には、最終章の語り手はすでに大人になっているだろう）。翻訳にあたって、全体を子どもらしい語りで統一することも検討したが、フラバルの原文を尊重して、あえてその方針はとらなかった。例えば、自分の父親をそれまで「父さん」と呼んでいた語り手が唐突に「フランツィン」と呼び捨てにするところなど、特に日本の読者にとっては違和感があるかと思われるが、編集者と相談の上、原文の痕跡を残すことにした。

また、他のフラバル作品と同じように、本作も一センテンスが長く、さらに改行なしでセンテンスが延々と続いていくところが多い。この点はフラバルの文体の特徴でもあるため、センテンスを途中で切ったりパラグラフを分けたりすることはできるだけせず、原文を踏襲するように心がけた。

なお本書の翻訳にあたっては、一九九一年にオデオン社から発行された単行本を使用した。

最後になったが、助言を下さったマルケータ・ゲブハルトヴァー先生、また、さまざまな提案をして下さり、終始丁寧かつ的確な編集作業で支えて下さった松籟社の木村浩之さんに心からお礼申し上げたい。

小さな町のみなさまに感謝をこめて。

二〇一五年九月　　訳者

［訳者紹介］

平野　清美（ひらの・きよみ）

1967年神奈川県生まれ。早稲田大学、プラハ・カレル大学卒業。

著書に、『チェコとスロヴァキアを知るための56章』（共著、明石書店）。

訳書に、J・L・フロマートカ『神学入門』、『人間への途上にある福音』（佐藤優監訳、ともに新教出版社）、Z・ミレル『あおねこちゃん』、J・メンツェル『こぐまのミーシャ、サーカスへ行く』（ともに平凡社）、C・プレスブルゲル『プラハ日記――アウシュヴィッツに消えたペトル少年の記録』（共訳、平凡社）、J・シュクヴォレツキー『二つの伝説』（共訳、松籟社）などがある。

〈フラバル・コレクション〉

時《とき》の止《と》まった小《ちい》さな町《まち》

2015年11月30日　初版発行　　定価はカバーに表示しています

著　者　ボフミル・フラバル
訳　者　平野　清美
発行者　相坂　一

発行所　松籟社（しょうらいしゃ）
〒612-0801　京都市伏見区深草正覚町1-34
電話　075-531-2878　振替　01040-3-13030
url　http://shoraisha.com/

印刷・製本　中央精版印刷株式会社
カバーデザイン　安藤　紫野

Printed in Japan

 ISBN978-4-87984-340-1 C0397